KNAUR

NANAKO HANADA

Die einsame Buchhändlerin von Tokio

Mein Jahr der magischen
Begegnungen mit Büchern
und Menschen

Aus dem Japanischen von
Sabrina Wägerle

KNAUR

Die japanische Originalausgabe
»DEAIKEI SITE DE 70 NIN TO JISSAI NI ATTE SONOHITO NI AISOUNA HON WO SUSUMEMAKUTTA 1 NENKAN NO KOTO«
von Nanako Hanada erschien bei
KAWADE SHOBO SHINSHA Ltd. Publishers, Tokio.

Besuchen Sie uns im Internet:
www.droemer-knaur.de

MIX
Papier | Fördert gute Waldnutzung
FSC® C014496

Deutsche Erstausgabe Juli 2024

Redaktion: Caroline Draeger
Covergestaltung: Verlagsgruppe Droemer Knaur
Coverabbildung: ©dieKLEINERT.de / Ivonne Schulze
Illustration im Innenteil von Yunico Uchiyama
Satz und Layout: Adobe InDesign im Verlag
Druck und Bindung: GGP Media GmbH, Pößneck
ISBN 978-3-426-29368-3

2 4 5 3 1

Inhalt

Prolog
Ein Ende und ein Neuanfang
7

1
Tokio, die Stadt der Verrückten
13

2
Village Vanguard, mon amour
43

3
Eine besondere Begegnung
59

4
Alle sind wir Abenteurer
91

5
Worte wie Staub
111

6
Die Gake-Buchhandlung
133

7
Der Grand Prix der Buchempfehlungen
151

Epilog
Ein Ende und ein Anfang
177

Nachwort
In einer Buchhandlung
193

Nanakos Buchempfehlungen
201

Prolog

Ein Ende und ein Neuanfang

Alles begann in einer Januarnacht.

Erschöpft saß ich in einem Bahnhofsrestaurant in Yokohama und starrte auf die Uhr, die unerträglich langsam auf zwei Uhr zukroch. So spät in der Nacht mochte ich nicht einmal mehr ein Buch in die Hand nehmen. Vor einer Woche hatte ich meinen Mann verlassen. Ich hatte eilig einen Koffer mit all meinen Habseligkeiten gepackt und war nach der Arbeit nicht mehr nach Hause gegangen.

Seit meiner impulsiven Entscheidung war ich wohnungslos und verbrachte jede Nacht woanders. Meine Unterkünfte wählte ich nach meinen dringlichsten Bedürfnissen aus, ob ich mich nur ausruhen oder auch Wäsche waschen oder möglichst wenig Geld ausgeben wollte. Je nachdem schlief ich in einem Hostel, dem öffentlichen Badehaus oder einem Kapselhotel. Heute wollte ich in einem Sentō-Spa mit Übernachtungsmöglichkeit schlafen. Es gab nur ein Problem: Bei mehr als sechs Stunden Aufenthalt musste man einen Aufschlag zahlen. Um unnötige Gebühren zu vermeiden, blieb mir nur übrig, das Sentō so spät wie möglich aufzusuchen.

Es belastete mich enorm, mir jeden Tag Gedanken um einen Schlafplatz zu machen und noch dazu Tag für Tag

Unsummen an Geld für die Übernachtung auszugeben. Wie lange wollte ich so weitermachen?

»Ich kann nicht länger so tun, als wäre nichts passiert. Das hier ist nicht mehr mein Zuhause.«

Mit diesen Worten hatte ich vor einer Woche meinen Mann und mein altes Leben verlassen, ohne einen Gedanken daran zu verschwenden, wohin ich gehen wollte. Geschweige denn war es meine Absicht, meinen Mann unter Druck zu setzen, damit er sein Verhalten änderte.

Ich trank den kalten Kaffee, die Gedanken kreisten, und mein Kopf war bleiern schwer. Ich wusste nur eines. Egal, wie sehr ich in der Klemme saß, ich würde auf keinen Fall zu ihm zurückgehen. Ich würde mir eine eigene Wohnung suchen und ein neues Leben beginnen.

Meine Familie und Kollegen waren sicherlich entsetzt über mein Verhalten und außer sich vor Sorge. Ich durfte gar nicht daran denken. Mein Selbstbewusstsein litt enorm, weil meine Ehe gescheitert war. Ich musste achtgeben, mich nicht von den Reaktionen der anderen beeinflussen zu lassen. Auf keinen Fall durfte ich in Selbstmitleid versinken.

Doch das war leichter gesagt als getan. Bisher hatte ich mein gesamtes Leben mit meinem Mann geteilt, jetzt, so ganz allein, wusste ich nicht recht, was ich mit mir anfangen sollte.

Ich leitete eine Filiale des Village-Vanguard-Buchladens. Village Vanguard ist das Kuriositätenkabinett unter den japanischen Buchhandlungen, das neben Literatur auch Manga, lustige Geschenkartikel und allerlei irrwitzigen Schnickschnack verkauft. Bücher waren meine Leidenschaft, und auch in meiner Freizeit las ich am liebsten stundenlang, streifte durch andere Buchläden in Tokio und durchstöberte deren Sortiment, um mich inspirieren zu lassen. Freunde neben der Arbeit, mit denen ich an meinen freien Tagen etwas unternehmen könnte, hatte ich nicht.

Mein Kopf pochte, ein schmerzhaftes Ziehen. Was sollte ich nur tun? Meine Ehe war in die Brüche gegangen. Ich hatte kein Zuhause mehr. Ich stand vor dem Nichts.

Gerade, als mich die Verzweiflung zu überwältigen drohte, hörte ich eine kleine Stimme flüstern.

Gib nicht auf.

Ich hielt inne.

Das ist erst der Anfang, hörte ich die Stimme in mir sagen.

Da draußen wartet ein neues Leben auf dich.

Dieser Moment veränderte alles. Meine Orientierungslosigkeit wich einem Gefühl von Klarheit. Ich sprach kurz darauf mit meinem Mann, und wir beschlossen, dass ich offiziell ausziehen würde. Ich nahm mir eine kleine Wohnung etwas außerhalb von Yokohama, in der Nähe meiner Arbeit. Der große Kühlschrank aus der alten Wohnung wirkte wuchtig wie ein Wachturm in der winzigen Küche.

Es fiel mir schwer, in der neuen Wohnung zur Ruhe zu kommen. Ich vermisste den vertrauten Anblick aus meinem alten Fenster. Vor dem neuen Haus rauschte der Verkehr unentwegt auf einer mehrspurigen Straße vorbei. Jeden Tag starrte ich gedankenverloren aus dem Fenster auf die endlose Flut der Autos und redete mir ein, dass ich bald wieder Boden unter den Füßen haben würde.

Es muss zu dieser Zeit gewesen sein, dass ich in dem Artikel eines hippen, jungen Unternehmers, der neue, innovative Onlinedienste vorstellte, auf das Onlineportal »ThirtyMinutes« stieß. »Stellen Sie sich vor, Sie treffen sich dreißig Minuten mit einem Fremden, worüber reden Sie?«, stand da.

Das ist es, schoss es mir durch den Kopf. Ich legte die Zeitschrift zur Seite, griff nach meinem Smartphone und öffnete die App. Für die Anmeldung benötigte ich einen Facebook-Account. Den hatte ich nicht, denn soziale Medien hatten mich nie interessiert.

Also, erst einmal auf Facebook registrieren, Profil anlegen, verifizieren lassen, dann auf ThirtyMinutes registrieren, Profil anlegen, auf die Verifizierung warten …

Nach einer kleinen Odyssee konnte ich mich endlich einloggen. Unzählige Profilbilder tauchten auf dem Bildschirm auf. Unter jedem Bild fanden sich Vorschläge für ein Treffen, das Datum, die Uhrzeit und der Ort, sowie ein kurzer Einladungstext:

Freue mich auf gute Gespräche.

Suche Austausch mit Leuten, die Firmen gegründet haben oder gründen wollen.

Wow, was ist das denn?, dachte ich und scrollte fasziniert durch die Profile. Auf den ersten Blick wirkte alles wie bei einer gewöhnlichen Dating-App. ThirtyMinutes war aber offensichtlich nicht für die Partnersuche gedacht, sondern um interessante Leute kennenzulernen und sich mit Gleichgesinnten auszutauschen. Die Seite machte einen angenehm seriösen Eindruck. Menschen aller Altersgruppen tummelten sich hier, Studenten, Rentner, Geschäftsleute, hübsch aussehende Sekretärinnen und Männer auf teuren Rennrädern.

Und ich kann hier einfach mit jedem reden?

Das schien mir unvorstellbar. Ich browste durch die vielen Profile und suchte nach jemandem, der meine Neugier weckte. Nutzern, die Phrasen wie »Interessiere mich für alles« in ihrem Profil stehen hatten, gönnte ich keinen zweiten Blick. Mich faszinierten Menschen mit einer Passion. Ich schaute auf das leere Textfeld in meinem Profil.

Was soll ich nur über mich schreiben?

»Bücherwurm möchte über Literatur reden«?

Nein, das war einfallslos.

Plötzlich hatte ich die Idee. Ja, das war's.

Ich werde jedem, den ich treffe, ein Buch empfehlen. Lektüretipps für alle! So etwas hatte ich schon immer einmal ausprobieren wollen. Kaum hatte ich zu Ende gedacht, nagte der Zweifel an mir. Das war doch lächerlich. Ich verwarf den Gedanken. Wen interessierte das schon?

Was ist denn dabei? Die leise Stimme meldete sich wieder. Was hast du zu verlieren? Willst du lieber zu Hause sitzen und zuschauen, wie das Leben an dir vorbeirauscht?

Ich rang mit mir. Nein, das wollte ich nicht.

Na, dann los, sagte die leise Stimme.

Ich nahm allen Mut zusammen und begann zu schreiben:

»Hallo, hier bin ich, Nanako, sexy Buchhändlerin und Hobby-Bibliotherapeutin. Ich kenne über zehntausend Bücher und verspreche: Ich habe genau den richtigen Buchtipp für euch!«

Ich schaute den Text an. War das nicht etwas zu dick aufgetragen? Die Zweifel waren immer noch da.

Und wennschon, sagte die Stimme, das wird ein Abenteuer!

Und so begann sie, meine Geschichte auf einem skurrilen Datingportal voller fremder Menschen.

Noch ahnte ich nicht, was ich damit alles in Gang setzen würde.

1

Tokio, die Stadt der Verrückten

»Sie müssen Nanako-san sein.«

Ich schaute auf. Vor mir im Café stand ein hochgewachsener Mann Ende vierzig. Seine gelassene Ausstrahlung überraschte mich. Ich hatte ihn mir ganz anders vorgestellt.

»Es freut mich, Sie kennenzulernen, ich bin Tsuchiya«, sagte er und nahm mir gegenüber Platz, »der Käsekuchen hier ist wirklich ausgezeichnet, ich würde Sie gerne einladen.«

So traf ich meine erste Bekanntschaft: Tsuchiya-san.

Nachdem ich mir auf ThirtyMinutes ein Profil angelegt hatte, ging es mir darum, erst einmal die Seite besser zu verstehen. Zentral bei ThirtyMinutes waren die Treffen mit den anderen Nutzern. Um so ein Treffen einzurichten, legte man zuerst Ort und Datum fest: am Soundsovielten um 17 Uhr in Shibuya. Viele fügten in einem entsprechenden Textfeld einen kurzen Satz dem Treffen hinzu: Ich freue mich auf nette Gespräche. Dann veröffentlichte man die Anfrage. Das nannte man einen »talk« posten. Die talks konnte man über ein Menü suchen und filtern. Wollte man einen Nutzer treffen, schickte man ihm eine Anfrage. Gab es mehrere Anfragen, konnte man sich seinen Favoriten aussuchen. War kein geeigneter Kandidat dabei, lehnte man alle Anfragen ab und löschte den talk. Antwortete niemand auf einen talk, verschwand er automatisch nach dem gesetzten Datum.

ThirtyMinutes war also keine Webseite wie Facebook oder Twitter, auf der man stundenlang herumsurfen konnte. Die Seite lebte vom persönlichen Kontakt mit den anderen Nutzern. Ein Profil allein half nicht viel, so konnte man höchstens den Top-Usern ein »Gefällt mir« geben oder anhand von Tags wie #Lesen oder #Reisen nach Gleichgesinnten suchen.

Ich schaute mir die aktuell angebotenen Treffen an. Es waren so viele, dass die meisten unbeantwortet verschwanden.

Und was, wenn niemand auf meine Anfrage antwortete? Da waren die Zweifel wieder. Ich käme mir ganz schön blöd vor. Oder noch schlimmer, was, wenn mich nur komische Typen anschrieben?

Ich begann, den Mut zu verlieren. Da ploppte plötzlich eine Facebook-Nachricht auf meinem Bildschirm auf.

»Hallo 👋 Ich heiße Tsuchiya und arbeite in einer Werbeagentur. Ich habe dich auf ThirtyMinutes gesehen, du siehst sympathisch aus. Du bist neu hier, oder?«, stand da. Ich las weiter. »Willkommen! Ich bin auch kein Profi, aber schreib mir gerne, wenn du Fragen hast.«

Ich war verwundert. Woher hatte er meinen Kontakt? Sollte ich ihm antworten?

Ich war hin- und hergerissen. Auf den ersten Blick schien dieser Tsuchiya harmlos zu sein. Vielleicht sollte ich es einfach probieren.

Ich begann zu tippen: »Danke für die Nachricht. Aber woher weißt du, dass ich auf ThirtyMinutes bin?«

»Du meinst, weil ich dir auf Facebook schreibe? 🤭«, antwortete er sofort. »Auf deinem ThirtyMinutes-Profil sind deine Accounts von Facebook und Twitter verlinkt. Wenn du die entsprechenden Logos anklickst, kommst du auf das jeweilige Profil des Nutzers. Bei Anfragen von Unbekannten kann man so mehr über sie herausfinden, wo sie arbeiten oder was sie in letzter Zeit gepostet haben. Außerdem werden einem neue Nutzer empfohlen. Das sind die User unten. Siehst du das?«

Dieser Tsuchiya schien mir ein wenig aufdringlich. Zugleich war ich froh über seine Hilfe.

»Das wusste ich nicht. Danke schön«, schrieb ich zurück.

»Du hast noch keinen talk gepostet, oder? Schaust du dich noch um?«, fragte er.

»Ich überlege noch. Ich würde schon gerne. Aber was macht man, wenn niemand antwortet?«

Er antwortete prompt: »Verstehe. Wie wäre es, wenn du dich erst einmal mit mir triffst? Wenn wir einen Tag finden, an dem wir beide Zeit haben, kannst du ein Treffen auf ThirtyMinutes erstellen, und ich antworte darauf. Probier es ruhig. Nur keine Angst 🎵!«

Das hatte ich nicht erwartet. Ein wenig Angst hatte ich schon. Wollte ich mich wirklich mit einem Fremden treffen? Doch was war die Alternative? Ich hatte keine Lust mehr, mich weiterhin alleine durch die Seite zu klicken.

»Das ist nett, danke schön. Ich erstelle gleich ein Treffen«, schrieb ich ihm.

Und so kam es, dass ich mich mit Tsuchiya-san in einem schicken Café in Shibuya verabredete. Bis zu seinem Eintreffen war ich fürchterlich nervös. Immer wieder spähte ich zum Eingang hinüber, um zu schauen, ob er schon da war, und strich mir die Falten meines Rockes glatt.

Jetzt, da er vor mir saß, war ich auf einmal total ruhig. Seine Gelassenheit war ansteckend. Als die Bedienung mit unserer Bestellung kam, war meine Angst vor dem Unbekannten so gut wie verflogen. Ich hatte Lust auf ein Abenteuer.

»Tsuchiya-san, Sie sind schon länger auf ThirtyMinutes. Wie kamen Sie dazu?«, fragte ich ihn, nachdem wir den Käsekuchen probiert hatten. Er war wirklich gut.

Er überlegte kurz. »Gute Frage. Ich hatte Lust, neue Menschen kennenzulernen, ich bin gerne in Gesellschaft. Durch Gespräche mit jungen Leuten bekomme ich auch immer wieder Inspiration für meine Arbeit. Wie ist es bei Ihnen, Nanako-san?«

»Ich wollte nach meiner Trennung gerne etwas Neues ausprobieren. Zufällig passte es genau zu meinem lang gehegten Wunsch, meine Leidenschaft für Bücher mit anderen Menschen zu teilen.«

»Sie leben getrennt? Das war sicherlich keine einfache Entscheidung«, sagte er. »Ich spüre eine Geschichte dahinter. Sie sind eine interessante Person, Nanako-san. Dürfte ich nach dem Grund für die Trennung fragen? Sie müssen natürlich nicht darüber sprechen, wenn Sie nicht möchten.«

Ich zögerte. Davon hatte ich bisher niemandem erzählt.

Mein Mann arbeitete ebenfalls bei Village Vanguard, zwar in einer anderen Abteilung, doch wir hatten viele gemeinsame Freunde. Hätte ich mich vor unserer Trennung bei anderen über ihn beschwert, hätte ich mich zum Opfer stilisiert, und das wäre ihm gegenüber nicht fair gewesen. Der Grund unserer Trennung ging nur uns beide etwas an. Außerdem hatte ich ihm nichts vorzuwerfen, und böse war ich ihm auch nicht. Im Gegenteil. Es tat mir leid, dass ich mir nicht anders zu helfen wusste, als einfach vor allem davonzulaufen.

Doch Tsuchiya-san hatte mit alldem nichts zu tun. Ich musste mir keine Sorgen machen, dass er Gerüchte verbreiten oder meinem Mann erzählen könnte, was ich über ihn gesagt hatte. Niemand würde mir hier die Worte im Mund herumdrehen. Vielleicht täte es mir gut, mir endlich alles von der Seele zu reden. Vor einem Fremden brauchte ich keine Hemmungen zu haben.

Tsuchiya-san hörte mir aufmerksam zu und nickte ab und zu. »Auf ThirtyMinutes werden Sie viele interessante Leute kennenlernen«, sagte er dann. »Jetzt, da Sie Ihre Trennung hinter sich haben, steht Ihnen nichts mehr im Wege. Ich hoffe, Sie verzeihen mir meine Direktheit, Nanako-san, aber ein kaltes Bett ist ja auch nicht gerade gemütlich.«

Schlagartig hatte ich ein mulmiges Gefühl. Wollte er mich trösten? Da hatte er wohl etwas missverstanden. Vielleicht war es normal, dass man bei diesen Treffen auch unverfänglich über Dinge wie Sex redete. Ich versuchte, das Thema unauffällig zu wechseln.

»Ich schlafe gut, danke schön. Gegen einen neuen Freund hätte ich aber in der Tat nichts einzuwenden.«

Vergeblich. Er ließ nicht locker. »Entschuldigen Sie, dass ich das so direkt sage, aber was ist denn mit Ihren weiblichen Bedürfnissen? Sie müssen sich nicht genieren, Frauen sind in diesem Punkt nicht viel anders als Männer.«

Hatte ich mich verhört? Wieso sprachen wir plötzlich über den Zustand meines Sexlebens? Tsuchiya-san ließ sich nicht davon abbringen. »Letztendlich geht es doch immer darum«, redete er weiter. »Ich bin ein großer Verfechter der Gleichstellung und respektiere Frauen sehr. Nur, wissen Sie, verdächtig sind mir die, die am lautesten behaupten, sie bräuchten keinen Mann. Jede Frau will doch von einem Mann geliebt und umsorgt werden, erst dann fühlen sie sich richtig erfüllt.«

Ich lächelte gezwungen. »Also ich weiß nicht.«

»Bitte verstehen Sie mich nicht falsch. Ich maße mir nicht an zu wissen, ob Sie einen Mann brauchen, noch wirken Sie schrullig auf mich. Ich will Ihnen eigentlich nur sagen: Sollten Sie einen Mann suchen, wird eine Frau wie Sie keine Schwierigkeiten haben.«

Ich räusperte mich. »Danke. Wenn ich mir einen aussuchen könnte, dann gerne jemanden wie Pierre Taki«, versuchte ich das Thema zu wechseln.

»Pierre Taki, der Musiker? Solche Männer gefallen Ihnen?«, sagte er verwundert. »Zugegeben, ich bin kein Pierre Taki, aber mit mir können Sie immer gerne über Ihren Ex-Mann sprechen oder was Ihnen sonst auf dem Herzen liegt. Ich wäre auch durchaus offen für mehr, aber das liegt ganz bei Ihnen.«

Ach du meine Güte. Mein ungutes Gefühl hatte mich nicht getäuscht. Er hatte das Gespräch genau auf diesen Punkt lenken wollen.

»Tsuchiya-san, um ehrlich zu sein, freue ich mich momentan vor allem darauf, auf ThirtyMinutes viele interessante neue Leute kennenzulernen«, sagte ich und versuchte, freundlich zu bleiben.

Hoffentlich merkte er jetzt, dass ich nicht an ihm interessiert war.

»Ich verstehe. Aber geben Sie acht, auf ThirtyMinutes gibt es auch viele schräge Vögel«, erwiderte er.

Du bist doch nicht besser, hätte ich ihm am liebsten gesagt. Ich zögerte kurz und nahm dann allen Mut zusammen. Vielleicht konnte ein wenig Humor die verfahrene Situation auflockern.

»Danke für die Warnung, Tsuchiya-san. Sie sind ja auch ziemlich schräg«, sagte ich scherzhaft.

Er antwortete verschmitzt. »Sagen Sie doch so etwas nicht, Nanako-san, Sie brechen mir das Herz.«

»Ihr Herz kann das sicherlich verkraften«, konterte ich trocken.

»Was soll das denn heißen?«, er schien es mit Humor zu nehmen.

Der Wortwechsel begann, mir Spaß zu machen.

Wer hätte gedacht, dass ich in nur dreißig Minuten mit einem Fremden solch ein schlagfertiges Gespräch führen könnte? Wie befreiend zu wissen, dass ich ihn danach nie wiedersehen musste.

Meine sanfte Zurückweisung schien gewirkt zu haben. Während des restlichen Treffens erzählte mir Tsuchiya-san einige Anekdoten von der Arbeit in der Werbebranche. Bei einer Werbekampagne konnte offenbar ganz schön viel schiefgehen.

Als sich unsere Unterhaltung dem Ende zuneigte, fiel mir siedend heiß ein, dass ich ihm ja ein Buch empfehlen wollte.

Also fragte ich ihn, was er gerne lese und welche Bücher ihn besonders interessierten.

»Würden Sie mir wirklich einen Roman empfehlen?«, antwortete er. »In letzter Zeit komme ich nicht viel zum Lesen.«

Er schien weder besonders belesen zu sein noch jede Neuerscheinung zu verschlingen. Seine Altherrenart, mich in Gespräche über Sex zu verwickeln, war mir sehr unangenehm, doch wenn es um die Arbeit ging, hatte er mir aufmerksam zugehört und gute Ratschläge gegeben. Zog ich seinen Charakter und seine Arbeit in der schnelllebigen Werbebranche in Betracht, würde ihm sicherlich ein aktuelles Buch mehr zusagen als ein Klassiker.

Der literarische Shootingstar der letzten Jahre, Takehiro Higuchi, war meine erste Wahl. Dieser Autor hatte mich zuletzt beim Lesen vollkommen in den Bann gezogen. Higuchi besaß eine ganz eigene Formensprache und literarische Ästhetik, die mich faszinierte. Seine Bücher würden Tsuchiya-san bestimmt gefallen. Zuerst dachte ich an »Auf Wiedersehen, Zōshigaya«, ein Roman, der wegen seines an Tarantino erinnernden Stils von der Kritik gepriesen wurde.

Doch dann erinnerte ich mich an unser Treffen. Tsuchiya-san beschäftigte sich scheinbar gerne mit Sex, Higuchis anderer Roman würde noch besser zu ihm passen. Er hatte sogar Sex im Titel: »Der japanische Eros«. Das Buch erzählte die Geschichte eines Ehepaares, das sich auf das Wagnis eines Partnertausches einließ. Zuerst wirkt die Erzählung wie ein Erotikroman, doch dann wird es schnell brutal. In der Mitte wandelt sich der Roman in einen Gerichtsthriller, nur um schlussendlich doch in eine klassische Liebesgeschichte zu münden. Diese groteske Achterbahnfahrt macht die Lektüre zu einem wahren Vergnügen. Das würde Tsuchiya-san gefallen.

Am nächsten Tag schrieb ich ihm eine Dankesnachricht auf Facebook und schickte ihm meine Buchempfehlung.

Fremde Menschen kennenzulernen war viel leichter, als ich angenommen hatte. Zu meiner Überraschung verflog nach dem Treffen mit Tsuchiya-san die leichte Depression im Ansatz, die seit meiner Trennung und der Situation bei der Arbeit auf mir lastete. Ich spürte, wie meine Fröhlichkeit langsam zurückkehrte.

Ich war auf den Geschmack gekommen. Am nächsten Tag war ich bereit für das nächste Treffen mit einem Unbekannten. Den ganzen Tag war ich in Tokio unterwegs, und am Abend hatte ich Lust, jemanden zu treffen. Ich veröffentlichte einen kurzen talk. Ob jemand spontan Zeit haben würde? In der Stadt waren die Menschen immer so beschäftigt.

Zehn Minuten vergingen. Niemand meldete sich.

Abends schauten bestimmt nicht mehr viele Leute auf ThirtyMinutes. Ich war kurz davor, aufzugeben und nach Hause zu fahren, da ploppte eine Nachricht auf. Ein Nutzer namens Kōji.

»Ich habe Ihr Treffen gesehen und würde gerne kommen. 20 Uhr schaffe ich leider nicht, ich bin noch auf der Arbeit. Wie wäre es mit 20:30 Uhr?«

Ich schaute mir sein Nutzerprofil an, bevor ich ihm antwortete. Gemessen an der Zahl seiner Reviews, schien er auf ThirtyMinutes ziemlich aktiv zu sein.

Kōji ist ein superwitziger und aufgeschlossener Typ, stand da.

Wir haben so viel geredet, dass wir die Zeit ganz vergessen haben.

Kōji ist ein total cooler und lebenslustiger Mensch!

Na, das klang doch gut. Also antwortete ich ihm: »Okay, ich warte hier im Café und lese. Bitte machen Sie sich keine Umstände. Bis gleich.«

So kam es zu meiner zweiten Bekanntschaft: Kōji-san.

Ich wartete in einem Retrocafé aus den Siebzigerjahren und las. In dem Café war es sehr still. Ob das wirklich ein guter Ort für ein Kennenlerngespräch war?

Da kam eine neue Nachricht von ihm: »Es tut mir wirklich leid, es ist später geworden. Wenn ich jetzt losgehe, bin ich kurz nach 21 Uhr da.«

Ich ärgerte mich. War das sein Ernst? Nun hatte ich eine Stunde auf ihn gewartet. In dieser Zeit hätte ich problemlos jemand anders treffen können. Stattdessen hatte ich hier die Zeit mit Warten totgeschlagen. Was dachte er sich nur?

Doch was war die Alternative? Das Treffen abzusagen und nach Hause zu gehen? Wollte ich das wirklich? Nein, sagte die Stimme in mir. Zu Hause wartet sowieso niemand auf mich.

Das Café, in dem ich saß, schloss um 21 Uhr, und ich musste mir einen neuen Treffpunkt suchen. Ich hatte Hunger. Alle anderen Cafés in der Umgebung waren ebenfalls schon zu, daher entschied ich mich für eine Bar.

»Ich warte hier«, schrieb ich meiner verspäteten Verabredung und schickte ihm einen Link zu der Bar. Ich hatte keine Lust, auf ihn zu warten, daher bestellte ich mir einen Drink und etwas zu essen.

»Nanako-san? Es tut mir so leid, bitte entschuldigen Sie!«

Vor mir stand ein Typ Mitte dreißig, er hatte eine kräftige

Stimme und breite Schultern wie ein Schwimmer. Er klang überhaupt nicht, als würde ihm die Verspätung leidtun. Ich konnte mir ein Lachen nicht verkneifen. »Nein, ist schon gut. Ich esse hier in Ruhe meine Pizza.«

»Puh, zum Glück lachen Sie«, sagte er und setzte sich zu mir. »Da fällt mir ein Stein vom Herzen. Ein Riesenstein. Pizza ist eine gute Idee. Ich sterbe vor Hunger. Was für eine Pizza ist das? Ist die Küche noch offen? Lassen Sie uns etwas essen. Und dann trinken wir einen zusammen. Das geht alles auf mich, als Entschuldigung!« Kōji-san redete wie ein Wasserfall. Er rief die Bedienung. »Ein Bier, bitte! Das größte, das ihr habt. Wie? Ja, ist auch okay. Kein Problem, kein Problem.« Er schien wirklich nicht stillsitzen zu können.

Wir stießen an, und erst jetzt schien er zur Ruhe zu kommen. Er wandte sich mir zu. »Sie sind erst seit Kurzem bei ThirtyMinutes, nicht wahr, Nanako-san? Schön, dass Sie sich heute mit mir treffen.«

»Die Freude ist ganz meinerseits«, sagte ich, »ich habe gesehen, Sie haben schon recht viele Leute getroffen.«

»Das kann man wohl so sagen …« Er kratzte sich verlegen am Kopf.

»Wie kam es dazu, dass Sie auf ThirtyMinutes sind?«, fragte ich.

»Ich arbeite bei einem Start-up. In den nächsten Jahren will ich mich selbstständig machen und spare dafür gerade das nötige Eigenkapital und bin immer auf der Suche nach neuen Impulsen. Da ich schon lange im Bildungsbereich arbeite, konzentriere ich mich auf diese Branche. Auf der Arbeit bin ich nur von Männern umgeben, daher bin ich neugierig, was Frauen von meinen Ideen halten«, sagte er wie aus der Pistole geschossen.

»Sie pitchen also Ihre Idee anderen ThirtyMinutes-Nutzern?«, sagte ich. Daran hatte ich bisher nicht gedacht.

Kōji-san nickte. »Was ist mit Ihnen, Nanako-san?«

Ich erzählte ihm dieselbe Geschichte wie zuvor Tsuchiya-san.

»Großartig! Sie stellen sich einer neuen Herausforderung«, Kōji-san nickte eifrig, »wir scheinen uns genau zur richtigen Zeit kennenzulernen. Ihre Einstellung macht mir Mut«, und zeigte ein Lächeln, »ich wünsche Ihnen, dass Ihnen alles gelingt!« Er streckte mir seine Hand für ein Highfive entgegen.

Woher nahm er nur diese Energie? »Danke …« Ich hob zögerlich die Hand.

»Moment«, er sah mich argwöhnisch an, »Sie denken gerade bestimmt, was für ein nerviger Typ ich bin, stimmt's?«, wieder dieses Nicken beim Reden. »Das überrascht mich nicht. Ich war schon immer so. Ich bin daran gewöhnt, dass sich die Leute von mir abgeschreckt fühlen.«

»Nein, entschuldigen Sie«, versuchte ich, die Situation zu kitten. »Ich kenne Sie einfach noch nicht so gut. Ich brauche immer einen Moment, um aufzutauen.«

»Auftauen?« Kōji-san winkte ab. »Sie können ruhig sagen, dass ich anstrengend bin. Das höre ich ständig«, er fuhr fort, »aber ich bin der festen Überzeugung, dass es wichtig ist, die Wahrheit zu sagen. Worte haben eine Seele. Mein Lebensmotto ist, so frei und wild wie möglich zu leben!« Sein Wortschwall prasselte auf mich ein, und es fiel mir schwer, ihm zu folgen, »Übrigens, kennen Sie Takei Sō, den ehemaligen Leichtathleten? Der hat das gesagt.«

Ich schüttelte den Kopf.

»Sie kennen ihn nicht? Wirklich nicht?«, er schaute mich

wieder an, dann: »Übrigens, Nanako-san, Sie sind wirklich hübsch! Sehr hübsch. Sehr, sehr, sehr hübsch.«

»Was?«, platzte es aus mir heraus.

Er grinste.

Kōji-sans Art war wirklich überwältigend. Er besaß die Gabe, Menschen mit seinem überschwänglichen Elan mitzureißen.

Im Nu vergingen zwei Stunden, in denen wir uns über alles Mögliche unterhielten. Vor uns standen unsere letzten Drinks. Ich fragte ihn, ob er einen Buchwunsch habe.

»Ich möchte mehr über dich wissen, Nanako«, sagte er.

Huch, seit wann duzte er mich?

»Verrate mir dein Lieblingsbuch. Ich werde es auf jeden Fall lesen.«

Ich war überrascht, wie leicht er sich auf meine Frage einließ. Ich hatte nicht erwartet, dass er gerne las.

Zurück zu Hause, überlegte ich, welches Buch Kōji-san gefallen könnte. Mein Lieblingsbuch … Mir kam eine Idee. Vielleicht wäre meine Lieblingskünstlerin Ellie Ōmiya etwas für ihn. Zugegeben, mein liebstes Werk von ihr, ein Ausstellungskatalog und gleichzeitig eine Essaysammlung mit dem Titel »Gedanken Übertragen«, war kein einfaches Werk, und ihre Kunst war für Laien nicht leicht zugänglich. Doch dieses Buch war während meiner Trennung mein persönlicher Talisman gewesen. Wie oft hatte ich beim Lesen weinen müssen. Eine Botschaft der Künstlerin hatte es mir besonders angetan: Tue, was du tun musst, auch wenn es nicht einfach ist, und wende dich stets an die Menschen. Es wäre schön, wenn Kōji-san einen Zugang zu diesem Buch fände.

Wie zuvor auch Tsuchiya-san, schickte ich ihm die Buchempfehlung via Facebook-Messenger.

Er antwortete umgehend: »Nanako, danke für deine Nachricht! Das war ein wirklich lustiger Abend. Ich weiß nicht genau, wie ich es beschreiben soll, aber ich habe das Gefühl, wir sind auf einer Wellenlänge. Dann kann ich mich immer kaum vor Begeisterung im Zaum halten. Ging es dir nicht auch so? Ich bin zwar verheiratet, aber das spielt bei besonderen Begegnungen wie mit dir keine Rolle. Ich will das nächste Mal die ganze Nacht mit dir reden. Ich möchte alles von dir wissen und hoffe, dir geht es auch so. Falls du kein Interesse hast, kein Problem. Falls du aber den Mut nicht aufbringen kannst, wäre das sehr schade. Dann brauchst du auch nicht zu antworten. Mir macht das nichts aus!«

Wie bitte? Mir fehlten die Worte. Was für eine unerwartete Wendung. Hatte er mir gerade wirklich eine Affäre angeboten (so sollte ich seine Nachricht wohl verstehen)? Vielleicht sollte ich lieber den Kontakt mit ihm abbrechen?

Da unterbrach eine Nachricht von Tsuchiya-san meine Gedanken:

»›Der japanische Eros‹ ist ein höchst interessantes Buch. Ich danke Ihnen für die Empfehlung. Haben Sie auch schon einmal über Partnertausch nachgedacht? Mich würde interessieren, ob sich Ihre Sicht auf Liebe und Sinnlichkeit nach dem Lesen verändert hat? Lassen Sie uns gerne bei unserem nächsten Treffen ausführlich darüber sprechen. In Meguro gibt es ein sehr gutes Grillrestaurant. Wenn Sie nächste Woche Zeit haben, können wir gerne dort zusammen zu Abend essen.«

Langsam verstand ich, was hier vor sich ging. Diese zweideutigen Nachrichten signalisierten mir, dass ich im Datingpool von ThirtyMinutes ein gefragter Typ war. Ich war

33 Jahre alt, lebte getrennt und kinderlos. Wenn ich ehrlich mit mir war, beruhigte mich das, als hätte mir ein Arzt bei einer Vorsorgeuntersuchung Bestwerte bescheinigt. Schon bei den Treffen mit den beiden hatte ich das Gefühl gehabt, dass sich mehr daraus entwickeln könnte. Ich hatte mir viel Zeit genommen, um ihre Bücher mit Bedacht auszuwählen. Diese Art Posts dämpfte meine Freude erheblich. Für sie schien ich nicht mehr als irgendein Tête-à-Tête zu sein.

Ich saß vor dem Computer, und in mir breitete sich das Gefühl lähmender Hilflosigkeit aus. Was tat ich hier nur?

So schnell wollte ich allerdings nicht aufgeben.

Als Nächstes verabredete ich mich an einem freien Tag zum Mittagessen. Ein Treffen am Abend schien mehr zu implizieren, als ich naiverweise angenommen hatte.

Auf meine Anzeige erhielt ich zahlreiche Anfragen. Vorsorglich sortierte ich alle Personen ohne verifizierte Identität aus. Dann entschied ich mich für die am seriösesten wirkende Person: Harada-san, meine Verabredung Nummer drei.

Als ich am nächsten Tag bei unserem Treffpunkt, einem Starbucks, ankam, wartete Harada-san bereits auf mich. Er war hager und trug einen dunklen Rollkragenpullover. Vor ihm auf dem Tisch lag neben einer Tasse Kaffee ein Stapel Spielkarten. Im Gegensatz zu den ersten zwei Männern wirkte er zurückhaltend und gebildet. Wir begrüßten uns, und ich setzte mich zu ihm.

Er lächelte freundlich und sagte dann, mit Blick auf seine Spielkarten: »Ich würde Ihnen gerne ein paar Zaubertricks zeigen.«

»Gerne«, erwiderte ich.

Zugegeben, Harada-sans Vorschlag überraschte mich ein wenig. Doch dann erinnerte ich mich, er hatte in seinem Profil angegeben, seine Hobbys seien Magie, Fotografie und Lyrik. Seinen akribisch geführten Blog hatte ich mir vor unserem Treffen ebenfalls kurz angeschaut. Die Zaubertricks waren unterhaltsam, und er wirkte wesentlich entspannter als bei der Begrüßung. Geduldig zeigte und erklärte er mir sein Repertoire magischer Tricks. So vergingen fünfzehn Minuten. Dann steckte er die Spielkarten ein und zog stattdessen einen schwarzen Ordner aus der Tasche.

»Ich beschäftige mich auch mit Fotografie und Poesie«, sagte er, während er den Ordner aufschlug, »wenn Sie möchten, werfen Sie ruhig einen Blick hinein. Ich freue mich immer über Eindrücke und Anmerkungen.«

»Gerne«, erwiderte ich und nahm den Ordner entgegen.

Vorsichtig blätterte ich die Mappe voller pittoresker Fotos durch, da waren wild blühende Blumen, ich erkannte Schmuckkörbchen, im Hintergrund farbenfroh schillernde Riesenräder, dazu in Blockschrift, fein säuberlich abgedruckt seine Gedichte. Die Person, die dort zum Vorschein kam, unterschied sich sehr von seiner zurückhaltenden Erscheinung, aber auch von der Magierpersönlichkeit. Mein Blick fiel auf ein Gedicht:

Memory

Weshalb nur trennt man sich?
Seit ich dich verlor, denke ich stets nur daran
Schaue ich in den Himmel,
sehe ich dein lächelndes Gesicht,

dort am blauen Himmel,
doch mir bleibt es versagt
Der Lauf der Jahreszeiten ist einmal vollendet
Wie geht es dir nur?

Die Hauptmotive seiner Fotografie waren nächtliche Landschaften, allerlei Flora und Fauna, der Himmel, das Abendlicht, verschiedenfarbiges Laub in Pfützen, allerlei bunte Kaffeebecher sowie vierblättrige Kleeblätter. Die meisten seiner Gedichte waren Liebesgedichte oder manierierte Zeilen wie: Auch ein Platzregen versiegt, wie schön sind die Glühwürmchen, die da am Himmel schwirren.

Ich wusste nicht so recht, was ich sagen sollte. Doch nichts zu sagen wäre unhöflich. Ich suchte nach Worten.

»Haben Sie die Aufnahmen mit einer Digitalkamera gemacht? Sie sind wirklich schön«, brachte ich schließlich hervor. Zugegeben, das war keine besonders tiefsinnige Frage, mir war nichts Besseres eingefallen, um die unangenehme Stille zwischen uns zu überbrücken.

So ging es weiter:

Wie kam es dazu, dass Sie Gedichte schreiben?

Woher nehmen Sie die Inspiration?

Schreiben Sie über Ihre eigenen Erfahrungen?

Brav schaute ich den Ordner durch. Harada-san antwortete mir genauso gewissenhaft. Am Schluss fragte er mich, ob mir ein Bild besonders gut gefallen habe.

»Das Erste mit dem Riesenrad ist wirklich schön«, sagte ich.

»Ja, dieses Bild ist besonders beliebt«, sagte er.

»Und dann, dieses hier, oder dieses«, sagte ich und zeigte auf die entsprechenden Fotografien. Das schien ihn zu freuen. Ich war erleichtert. Als ich einen Blick auf die Uhr warf, sah ich, unsere dreißig Minuten waren fast vorbei. Ich hatte ihn noch nicht nach einem Buch gefragt. Hastig wandte ich mich an ihn:

»Harada-san, danke für den Einblick in Ihre Kunst. Darf ich Ihnen zum Dank ein Buch empfehlen?«

Er dachte kurz nach. »Zu einem Buch greife ich nicht oft. Ich bin Autodidakt, in meiner Lyrik schreibe ich zunächst über das, was mir persönlich bedeutsam erscheint«, antwortete er dann. »Ich bin nicht sehr wählerisch, vielleicht könnten Sie mir einen Gedichtband empfehlen?«

Zum Glück fiel mir sofort etwas ein. »Kennen Sie die Dichterin Noriko Ibaraki?«

»Nein, die kenne ich nicht«, sagte er.

»Ich kann Ihnen den Gedichtband ›Worte einer Frau‹ sehr ans Herz legen«, ich spürte, wie meine Leidenschaft zurückkam. »Auf dem Gebiet der Lyrik ist natürlich Shuntarō Tanikawa unübertroffen, allerdings schätze ich die Klarheit in Ibarakis Lyrik. Ihre Worte treffen einen mitten ins Herz. Vielleicht inspiriert Sie das ja beim Schreiben. Diese Fähigkeit, Unschuld und Entschlossenheit in prägnanten Bildern zu vereinen, ist wirklich außergewöhnlich. Ich lese sie sehr gerne.«

»Das klingt wirklich interessant. Ich werde mir ihr Buch einmal anschauen«, sagte Harada-san und klappte seinen Ordner zu. Wir verabschiedeten uns kurz und hastig.

Dieses Treffen war im Gegensatz zu den ersten beiden aufdringlichen Männern erfrischend unkompliziert gewesen. Ich hatte angenommen, bei den Treffen auf Thirty-Minutes ginge es darum, sich besser kennenzulernen. Man konnte die halbe Stunde tatsächlich auch dazu nutzen, sich gegenseitig seine Hobbys vorzuführen. Man konnte frei entscheiden, wie man die Zeit nutzen wollte. Freiheit. Das wollte ich. Mir schien, als habe sich mir eine neue Tür ins Ungewisse geöffnet.

Meine vierte Verabredung war Ōhashi-san, ein junger Angestellter Mitte zwanzig. In seinem Anzug sah er aus wie ein frischgebackener, überaus eifriger Business-Anzugträger, typisch Salaryman. Nur der hellblaue Rucksack schien noch aus der Unizeit zu stammen und wollte nicht so recht zu seinem Outfit passen.

Das Café Dotour in Shibuya war an diesem Freitagabend vollkommen überlaufen, daher wartete Ōhashi-san draußen auf mich. Als er mich sah, lächelte er und verbeugte sich.

Ich wandte mich an ihn: »Ich fürchte, wir bekommen hier keinen Platz. Wollen wir lieber ein ruhigeres Café suchen?«

»Es wird sicher gleich etwas frei«, sagte er, drehte sich um und ging in das Café. Ich folgte ihm. Er bestellte am Tresen etwas für sich, meinte, er wolle uns einen Platz suchen, und verschwand im Obergeschoss. Ich bestellte schnell einen Eistee und folgte ihm. Als endlich ein Tisch frei wurde und wir uns vorgestellt hatten, dachte ich, nun käme der entspannte Teil des Abends. Ich hatte mich zu früh gefreut.

»Ich beschäftige mich gerade mit parapsychologischen Phänomenen wie dem Mentalismus«, sagte er und schaute mich verschwörerisch an. »Wenn Sie möchten, zeige ich Ihnen etwas.« Ohne meine Antwort abzuwarten, reichte er mir eine Zehn-Yen-Münze aus seinem Portemonnaie.

»Bitte verstecken Sie das Geldstück in einer Ihrer Hände, ohne dass ich es sehe. Strecken Sie dann bitte Ihre Fäuste vor mir aus. Ich werde erraten, in welcher Hand sich das Geldstück befindet.«

Hatte nicht dieser Showmagier DaiGo aus dem Fernsehen das Wort Mentalismus erfunden?

Ich verkniff mir die Bemerkung, versteckte das Yen-Stück in einer Hand und legte wie verlangt beide Fäuste auf den Tisch.

»Das hier ist nicht einfach nur Intuition ...«, murmelte er, während er die Hände beschwörend hin und her bewegte. »Die kleinste Regung Ihrer Mimik wird mir die Antwort verraten ... Bitte öffnen Sie die Hände erst, wenn ich es sage. Sagen Sie mir auch nicht, ob ich recht habe oder nicht. Ich denke, es ist wohl ... die rechte Hand ...?«

Ōhashi-san schaute mir vielsagend in die Augen. Ich versuchte, ruhig zu bleiben, und betete innerlich, er möge richtig raten, damit uns allen eine Blamage erspart bliebe. Eine kleine Weile verging, ohne dass er mit der Wimper zuckte.

»Ich habe die Antwort erhalten«, sagte er dann. »Es ist die linke Hand. Bitte öffnen Sie sie.«

Ich öffnete die linke Faust. Es tat weh zuzuschauen, denn sie war leer.

»Huch!« Ōhashi-san schien ernsthaft perplex. Mein Mitleid war kaum auszuhalten.

»Wissen Sie was?«, sagte ich hastig. »Ich habe mir alle Mühe gegeben, Sie in Gedanken abzulenken, damit Sie denken, dass das Geld in der linken Hand ist. Eins zu null für mich! Haha. Aber, puh, das war knapp. Ich dachte wirklich, dass Sie mir auf die Schliche kommen. Ihre Beobachtungsgabe ist beeindruckend!« Ich versuchte verzweifelt, die peinliche Situation zu überspielen.

»Sie haben mich ganz schön reingelegt, Nanako-san. Sie müssen eine Begabung fürs Schauspiel besitzen! DaiGo ist ja neulich auch bei einer Show an einer Schauspielerin gescheitert.« Ōhashi-san klang, als sei das alles ein logisch erklärbarer Irrtum. Woher nahm er nur dies Selbstbewusstsein?

»Mentalismus-Techniken scheinen mir ein mächtiges Instrument zu sein«, sagte ich schließlich. »Eine Kraft wie diese sollte man für eine bessere Kommunikation einsetzen und nicht für die eigene Bereicherung, meinen Sie nicht?«, versuchte ich, auf ihn einzugehen. Aber er bemerkte es wohl gar nicht.

Im weiteren Verlauf unseres Gespräches empfahl ich Ōhashi-san den satirischen Businessratgeber »Humor mit Stil«. Das Buch enthält zahlreiche Tipps, wie man Humor als Kommunikationstechnik einsetzen kann. Zum Beispiel ist demnach eines der Geheimnisse beliebter Menschen ihre Fähigkeit, sich auf den Gesprächspartner einzustellen und den eigenen Humor entsprechend anzupassen.

»Das klingt spannend. Vielleicht hilft es mir bei meinen Mentalismusstudien«, sagte Ōhashi-san erfreut.

»Arbeiten Sie eigentlich als psychologischer Berater oder Coach?« Ich versuchte, unser Gespräch am Laufen halten, obwohl mich die Antwort nicht wirklich interessierte.

Er winkte ab. »Ich stehe grade vor einer schwerwiegenden Entscheidung. Ich habe eine Headhunter-Anfrage von Hakuhodo bekommen, Sie wissen, der berühmten Werbeagentur. Dabei verdiene ich schon jetzt fünfzig Millionen Yen im Jahr – ups, das ist mir jetzt aber rausgerutscht.«

Machte er Scherze? So viel Geld? Alles über zehn Millionen wäre schon der reine Wahnsinn!

Und trotzdem gehen Sie noch zu Dotour, der billigsten Cafékette, und laden mich nicht mal auf einen Eistee ein? So muss man das also machen!, hätte ich am liebsten zu ihm gesagt, doch ich bekam keinen Ton heraus.

Hätte er nicht einfach zehn Millionen Yen sagen können? Dann hätte ich ihm seine Geschichte vielleicht abgekauft. Aber ein Jahresgehalt von fünfzig Millionen Yen, das schlug wirklich dem Fass den Boden aus. Vielleicht wollte er mich damit zum Lachen bringen? Nein. Er schien es wirklich ernst zu meinen. Ich war perplex.

»Was Sie nicht sagen«, brachte ich schließlich heraus und nahm einen Schluck von meinem Eistee.

Ōhashi-san schwieg kurz, bevor er sich wieder mir widmete. »Schauen Sie, wie die Zeit vergeht. Wollen wir langsam los?«

»Sie haben recht. Gehen wir«, antwortete ich. Wir räumten unsere Tabletts weg und gingen zurück auf die Straße. In was für einer Situation war ich gelandet? Der erste Typ wollte mit mir nur über Sex reden. Der Zweite wollte mit mir schlafen, obwohl er verheiratet war. Der Dritte hielt mir Vorträge über Zaubertricks und Gedichte. Und der Vierte log, ohne mit der Wimper zu zucken. Die sind doch alle nicht mehr ganz bei Trost. War das alles, was diese Webseite zu bieten hatte? Hier waren anscheinend alle vollkommen übergeschnappt.

Ich ging mit dem Fünfzig-Millionen-Yen-Mann durch Shibuya in Richtung Bahnhof, und aus irgendeinem Grund schien das Gewimmel auf den Straßen heute intensiver zu sein als sonst. Als hätte ich eine magische Tür einen Spalt weit geöffnet. Tokio, sonst immer trostlos und karg, wirkte plötzlich so lebendig, so aberwitzig, diese Wahnsinnsstadt.

Man war hier so frei. Jeder konnte tun und lassen, was er wollte.

Wartet nur ab, dachte ich mir. Ich werde es euch allen zeigen. Ich werde euch allen so tolle Bücher empfehlen, dass ihr aus dem Staunen nicht mehr herauskommt.

Als wir an der bekannten großen Kreuzung ankamen, räusperte sich der Fünfzig-Millionen-Yen-Mann mit einem kleinen »Ähm, übrigens«, und riss mich aus der euphorischen Stimmung. »Nanako-san, ab und zu finde ich es ja witzig, verrückte Leute zu treffen, aber Sie sind in Wirklichkeit eine ganz normale Person. Übertreiben Sie es mit Ihrem Profil nicht etwas? Meinen Sie nicht? Hören Sie lieber auf damit. Dann werden Sie erst die wirklich interessanten Leute kennenlernen«, sagte er zu mir.

Wie bitte? Hatte ich mich verhört? Ich schaute ihn überrascht an. Damit hatte ich nicht gerechnet. Ich hatte Ōhashi-san für einen Spinner gehalten und nicht eine Sekunde in Betracht gezogen, dass er mich umgekehrt genauso für eine Spinnerin halten könnte.

Zugegeben, ich hatte beim Erstellen meines Profils angenommen, es sei auf einer Seite wie ThirtyMinutes vor allem wichtig, aufzufallen. Als Beruf hatte ich daher »sexy Buchhändlerin« angegeben. Schlimmer noch, in der Kommentarspalte zu meinem heutigen Treffen hatte ich Folgendes geschrieben: Ich treffe mich mit demjenigen, der zuerst folgendes Rätsel löst: Was wird immer spitzer, je länger man daran herumdreht? (Die Antwort war Bleistift …) Mein Profilbild war ein Selfie, auf dem ich ein Stofftier, ein schlangenähnliches Fabelwesen namens Tsuchinoko, auf dem Kopf trug. Ich hatte wie ein Mädchen aus einem Anime wirken wollen, denn Tsuchinoko, der aussah wie ein ausgebeulter Wurm, war ein Charakter aus dem berühmten Comic Doraemon. Das Stofftier war eigentlich als Abdeckung für Taschentücherboxen gedacht, doch ich trug es zu Hause immer als Mütze. Ich hatte irgendwann mal das Selfie gemacht, da ich fand, dass ich damit süß aussah.

Je länger ich über Ōhashi-sans Worte nachdachte, desto mehr schämte ich mich. Ich hatte kein Recht, mich über einen Möchtegern-Magier lustig zu machen. Ich war die größte Spinnerin von allen. Ich hatte wirklich gedacht, ich sei besser als sie. Dabei war ich die größte Witzfigur. Von einem Spinner entlarvt zu werden … Vor Scham wäre ich am liebsten in den Boden versunken.

»Du hast recht. Ich werde mein Profil ändern«, sagte ich kleinlaut zu Ōhashi-san.

»Besser ist das«, antwortete er.

Seltsam. Trotz meiner Blamage war ich gut gelaunt. Ich danke dir, Fünfzig-Millionen-Yen-Mann. Für einen Abend will ich dir glauben.

Die Ampel wurde grün. Wir winkten uns zum Abschied zu, dann drehte ich mich um und ließ diese Stadt der Verrückten hinter mir.

* * *

Ich schrieb also mein ThirtyMinutes-Profil um. Ōhashi-sans Hinweis zu meiner skurrilen Aufmachung hatte mir tatsächlich sehr geholfen. Noch mehr half mir der Ratschlag meiner nächsten Verabredung Ida-san dabei, meine talks besser zu gestalten. Auf den ersten Blick wirkte dieser Ida-san wie ein massiver Baseball-Spieler mit seiner breiten Statur und großen Händen. Er besaß jedoch ein sonniges Lächeln, eine sanfte Stimme und war von Beruf zudem Versicherungsvertreter. Ida-san war selbstständig, womöglich der Grund, weshalb er sowohl glatt und höflich war wie ein versierter Vertreter, aber auch ein echt angenehmer Gesprächspartner. Mich mit Ida-san zu unterhalten war sogar ausgesprochen angenehm. Er schien mir der erste vertrauenswürdige Nutzer von ThirtyMinutes.

»Haben Sie Ihre Existenz als ›sexy Buchhändlerin‹ aufgegeben?«, fragte er mich gleich bei der Begrüßung. Ich hatte den entsprechenden Satz nach dem Treffen mit Ōhashi-san aus meinem Profil gelöscht.

»Bitte erinnern Sie mich nicht daran, Ida-san«, sagte ich und wurde rot. Wie peinlich. Würde mir meine schräge Wortschöpfung wohl für immer nachhängen?

Ida-san lachte. »Im Gegenteil, Sie haben ganz schön für Gesprächsstoff gesorgt. Ein Bekannter meinte, er fände Sie echt witzig.«

»Ich dachte, ich ziehe mit einem ungewöhnlichen Profil mehr Aufmerksamkeit auf mich. Bis mich der, mit dem ich mich zuletzt verabredet hatte, darauf hingewiesen hat, dass ich Leute damit eher abschrecke. Daher habe ich alles überarbeitet.«

»Verstehe. War das Ōhashi-san?«, ich nickte, und er fuhr fort: »Das hätte ich von ihm gar nicht erwartet.« Ida-san klang, als sei er mit Ōhashi-san bekannt und hielte nicht gerade große Stücke auf ihn. Ich hätte ihn am liebsten gefragt, ob er die Fünfzig-Millionen-Yen-Geschichte auch aufgetischt bekommen hatte, ließ es jedoch lieber.

Ida-san wechselte das Thema: »Sie empfehlen all Ihren Bekanntschaften ein Buch, nicht wahr? Ihr Repertoire ist beeindruckend. Zehntausend Bücher, Kompliment.«

»Das heißt nicht, dass ich das alles gelesen habe«, gab ich verlegen zu. »Als Filialleiterin konnte ich bei der letzten Inventur das Gesamtjahresverzeichnis aller bestellten Bücher meiner Buchhandlung einsehen. Ich hatte rund dreizehntausend Titel bestellt, selbst an die Cover konnte ich mich erinnern. Daher kommt die Angabe.«

Ida-san nickte. »Mir gefällt Ihr Empfehlungskonzept sehr. Die beliebtesten Nutzer auf ThirtyMinutes sind nicht die schrägen Vögel, sondern durchweg die klugen, motivierten Menschen. Sie werden sicherlich die richtigen Leute ansprechen«, und dann, wie als Nachtrag, »haben Sie all Ihren Bekanntschaften bisher eine Leseempfehlung geben können?«

Ich bejahte. »Manchmal fällt mir direkt beim Treffen etwas ein, ansonsten schreibe ich der jeweiligen Person ein paar Tage nach dem Treffen eine Nachricht mit der entsprechenden Empfehlung.«

»Verstehe«, Ida-san legte nachdenklich die Hand ans Kinn. »Wie wäre es, wenn Sie Ihren Lesetipp als Bewertung auf dem ThirtyMinutes-Profil Ihrer Bekanntschaft hinterlassen? Dann kann jeder sofort sehen, welche Bücher Sie empfehlen. Natürlich muss die betroffene Person damit einverstanden sein. So werden andere Nutzer auf Sie aufmerksam. Sie werden sehen, bald können Sie sich vor Anfragen nicht mehr retten.«

Daran hatte ich noch gar nicht gedacht.

Ida-san war noch nicht zu Ende. »Schreiben Sie auch unbedingt in Ihre talks, dass Sie Bücher empfehlen. Sonst finden Sie nur Leute, die Ihr Profil anschauen. Und selbst dafür muss man das Profil erst einmal ausklappen.«

Auch das hatte ich nicht gewusst.

Ida-san holte seinen Laptop hervor und öffnete die Webseite von ThirtyMinutes.

»Loggen Sie sich kurz ein«, sagte er.

Ich tat wie befohlen und gab ihm den Laptop zurück. Er beugte sich zu mir: »Schauen Sie, wenn Sie hier und hier den Text ändern und das hier löschen …«

Im Nu hatte er mein Profil geändert. Es sah nun tatsächlich deutlich besser und sehr einladend aus. Einzig das Profilbild mit dem Alienstofftier wirkte noch unfreiwillig komisch. Ich nahm mir vor, zu Hause ein neues Foto zu machen.

»Ich danke Ihnen! Das sieht so viel besser aus.«

»Nichts zu danken. Ich wünsche Ihnen, dass Sie mit Ihrer Mission erfolgreich sind. Vor allem hoffe ich, dass Sie auf ThirtyMinutes eine gute Zeit haben.« Nun klang er wirklich versiert wie ein Vertreter.

»Wieso machen Sie das für mich? Ist Ihnen ThirtyMinutes so wichtig?«, fragte ich.

»Kommt das komisch rüber? Ich bin einfach von Anfang an bei ThirtyMinutes dabei, daher ist mir sehr daran gelegen, dass der Austausch unter den Nutzern so angenehm bleibt wie bisher. Meine Bekannten und ich finden immer wieder schwarze Schafe unter den Nutzern, die unlautere Werbung machen oder dubiose Geschäfte anbieten. Ab und zu finden wir sogar Sekten, die denken, sie könnten hier neue Mitglieder rekrutieren. Meine Bekannten und ich haben daher die ›ThirtyMinutes-Einheit‹ gegründet. Wir treffen uns unter einem falschen Vorwand mit suspekten Nutzern und sorgen dafür, dass sie von der Seite entfernt werden.«

Auf ThirtyMinutes waren solche Machenschaften verboten. Wurde man dabei erwischt, wurde der Account deaktiviert.

»Ich würde auf ThirtyMinutes niemandem unaufgefordert eine Versicherung empfehlen, obwohl das mein Hauptgeschäft ist«, schloss er. Nachdem Ida-san mir das alles erklärt hatte, verstand ich ihn viel besser. Er empfahl mir noch ein paar interessante User, mit denen ich mich treffen sollte.

Es war spannend, einen Einblick hinter die Kulissen von ThirtyMinutes zu bekommen. Bisher hatte ich gedacht, dass die Treffen der Mittelpunkt und Zweck der Plattform waren. Doch dahinter verbarg sich eine kleine, eng vernetzte Community von Nutzern, die achtgab, dass das Portal ein sicherer Ort blieb. Was für ein schöner Gedanke.

Ida-san erzählte mir noch von einigen seiner Erfahrungen: »In der Anfangszeit waren wirklich nur Abenteurer und bunte Vögel auf ThirtyMinutes unterwegs, das war herrlich. In letzter Zeit kommen immer mehr normale Leute dazu, das verändert die Dynamik und verwässert sie allmählich. Umso schöner, dass Sie jetzt dabei sind, Nanakosan. Ich bin gespannt, was Sie noch alles erleben werden.«

Er klang wie ein Oberschüler in seinem letzten Jahr, der mich, seine Kōhai, Schülerin eines nachfolgenden Jahrgangs, dazu ermunterte, in seine Fußstapfen zu treten. Ich kam mir vor, als sei ich eine aussichtsreiche Aktie, in die Ida-san investierte mit der Hoffnung auf Gewinn. Es kam zur rechten Zeit. Meine ursprüngliche Begeisterung über die Idee mit den Buchempfehlungen war nach dem ausbleibenden Echo der ersten Treffen beträchtlich gedämpft. Seine Worte taten gut und motivierten mich weiterzumachen. Es wäre schön, noch mehr interessante Leute wie Ida-san zu treffen. Gut, dass er mir ein paar Namen genannt hatte.

Im weiteren Verlauf unseres Gesprächs entdeckten wir, dass wir beide Kyoto liebten. Mit Mitte zwanzig war ich für ein halbes Jahr in die dortige Filiale von Village Vanguard versetzt worden und hatte mich hoffnungslos in die Stadt verliebt. Um die kostbare Zeit auszuschöpfen, lernte ich meinen Reiseführer von vorne bis hinten auswendig und erkundete die ganze Stadt.

Kyoto hatte es Ida-san in letzter Zeit ebenfalls sehr angetan, und er fuhr gerne für ein Wochenende – oder wann immer er eine Aufmunterung brauchte, auch nur für einen Tag – in die alte Kaiserstadt. Wir teilten die Überzeugung, dass das ziellose Herumstreifen in der Stadt viel aufregender war als die klassische Besichtigung altehrwürdiger Schreine und Tempel, für die Kyoto so berühmt war.

Da kam mir die perfekte Idee für ein Buch.

»Ida-san, kennen Sie das Stadtmagazin ›Meets‹?«, fragte ich ihn.

»Natürlich. Ein großartiger Geheimtipp, wenn man Kyoto und die Kansai-Region erkunden möchte, diese Tipps kennen sonst nur Einheimische«, sagte er.

»Nicht wahr? ›Meets‹ ist richtig cool. Gewöhnliche Stadtführer können da nicht mithalten«, doch darauf wollte ich nicht hinaus. »Der Begründer Hiroki Kō hat ein Buch über die Anfangszeit von ›Meets‹ geschrieben, wissen Sie das? Er verrät unter anderem, wie er auf die Idee kam, nur Menschen aus der Region zu featuren. Ich könnte mir vorstellen, dass Ihnen das Buch gefällt. Sie erinnern mich ein wenig an Kō. Ich lege es Ihnen sehr ans Herz.«

Ida-san sah spontan begeistert aus. »Das klingt großartig. Wie lautet der Titel?«

»›Der Weg zu *Meets* und das Zeitalter der Stadtmagazine‹«, sagte ich. Ich mochte das Buch wirklich sehr, denn ich war ein »Meets«-Fan der ersten Stunde. Ich war noch nie jemandem begegnet, dem ich es hätte empfehlen wollen. Doch bei Ida-san hatte ich keine Sekunde gezögert.

Wenn in einem Gespräch das entsprechende Buch wie von allein in mir auftauchte, breitete sich stets unweigerlich ein großes Glücksgefühl in mir aus. Diese Momente liebte ich über alles.

2
Village Vanguard, mon amour

Meine Leidenschaft für meine besondere asketische Übung, wie ich das Empfehlen von Büchern insgeheim nannte, hatte mit Yoshida-san begonnen. Er war mein Vorgesetzter bei Village Vanguard, und uns verband eine lange Freundschaft. Kurz bevor ich meinen Ex-Mann verlassen hatte, hatte ich Yoshida-san im Hinterhof meines Buchladens bei einer kleinen, selbst ausgedachten Zeremonie dreißig handverlesene Bücher präsentiert.

So hatte alles begonnen. Und so war ich auf ThirtyMinutes gelandet und hatte mein Experiment gestartet: indem ich ein Wagnis einging.

* * *

Vor fünfzehn Jahren betrat ich zum ersten Mal die heiligen Hallen meiner geliebten Village-Vanguard-Läden, in denen ich inzwischen seit zehn Jahren arbeite. Ich hatte gerade angefangen zu studieren. Eine Freundin sagte mir, es gäbe da einen Laden, den müsse ich unbedingt sehen. Kurze Zeit später standen wir vor der Filiale in Shimokitazawa, einem angesagten Stadtteil von Tokio.

Als wir die Buchhandlung betraten, dachten wir, in einem dunklen Dschungel gelandet zu sein. Wohin man auch schaute, das Geschäft schien aus allen Nähten zu platzen. Überall stapelten sich dicht an dicht unzählige Bücher, Manga, CDs und Zeitschriften, von der Decke hingen die Sonderangebote, baumelten einem direkt vor die Nase, und man musste sich durch die schummrigen, engen Gänge schieben, um vorwärtszukommen. Es war wie in einem Geisterhaus. Neben den Büchern lagen überall die merkwürdigsten Gimmicks, Spielzeuge und Nippes mit Grimassen und seltsamen Gesichtern, zum Grausen herrlich war es. An den Fenstern klebten Lichtschutzfolien, Totenkopfmuster tanzten darüber und Hanfblätter in den psychedelischsten Farben, die Lücken dazwischen füllten wahllos Poster, etwa von Bob Marley oder dem Film »Trainspotting«. An jeder erdenklichen Stelle im Laden, ob an den Bücherregalen, an den Wänden oder auf dem Boden, klebten neongelbe Schilder, auf die jemand mit schwarzem Edding witzige Kommentare zu den Büchern geschrieben hatte. Nichts in dem Laden sah aus, als hätte jemand mehr als zehn Sekunden über ein Geschäftskonzept nachgedacht. Es war ein einziges Chaos. Fast wäre ich bei dem Anblick spontan in Lachen ausgebrochen. Ich bebte innerlich vor Begeisterung.

Ich hatte mich nie besonders gut mit meinen Eltern verstanden oder mich in der Schule und in meiner Klasse einfügen können. Meine Zuflucht waren damals meine wenigen Freundinnen, meine Bücher und die alternative Subkultur-Szene Tokios mit seinen Manga, seiner Musik und der Mode. In der Mittelstufe war ich ein großer Fan von Kyōko Okazaki, einem Mangastar aus den Achtzigern und

Neunzigern, und hörte leidenschaftlich gerne sogenannte Shibuya-kei-Musik, dunkel, düster, mit Einflüssen aus Jazz, Soul und Loungemusik. Village Vanguard war für jemanden wie mich das Paradies. Alles schien wie eigens für mich ausgewählt.

In den Bücherregalen von Village Vanguard standen neben den Comics von Okazaki all die großen Namen und Meister der Mangaszene, Taiyō Matsumoto, Kenta Inoue und Katsuhiro Ōtomo, der mit Akira berühmt geworden war. In der Belletristik-Ecke fand ich nicht nur meine Lieblingsautoren, sondern dazu eine Unmenge vielversprechender Bücher, von denen ich noch nie gehört hatte: Romane, Taschenbücher und Bildbände über Architektur und Kunst. Alles stand harmonisch beieinander, ob Genreliteratur oder Belletristik, Manga oder Punk-CDs. Ich erinnere mich, dass ich damals dachte, wie gerne ich mich einmal quer durch den Laden lesen würde.

Ab diesem Moment war ich Stammkundin bei Village Vanguard. Sooft ich nur konnte, kam ich vorbei und verbrachte endlose Stunden zwischen den Büchern. Nach meinem Universitätsabschluss zog ich nach Shimokitazawa, das längst meine zweite Heimat geworden war. Ich gluckste vor Freude bei dem Gedanken, dass ich nun jeden Tag zu Village Vanguard gehen konnte.

Mit der Arbeitsuche lief es derweil nicht besonders gut. Da ich jedoch bereits seit der Universität in einem etwas zwielichtigen Geschäft als Hostess jobbte, musste ich mir um Geld keine Sorgen machen. Ich hatte keine Lust auf die beschwerliche Arbeit in einer Firma, wie sie einen nach der Universität erwartete, und wollte mir, bis ich dreißig war, ein schönes Leben machen. In Shimokita, wie wir es kurz nannten, lebte ich daher eine Weile lang nach Herzenslust in den Tag hinein. Mein Leben schien ein einziger Traum zu sein.

Eines Tages ging ich wie immer zum Buchladen, als ich einen Zettel am Eingang entdeckte: »New Open! Suchen Mitarbeiter für unsere neue Filiale in Roppongi!«

Perfekt, dachte ich, was würde besser zu meinem Leben passen als ein Job bei Village Vanguard? Ich bewarb mich und wurde genommen. Nie hätte ich erwartet, dass Arbeit so viel Spaß machen konnte. Die gesamte Belegschaft, der Filialleiter wie auch wir Mitarbeiter arbeiteten von morgens bis abends, sieben Tage die Woche für ein gemeinsames Ziel. Mich, die ich in Gruppenkontexten in der Schule und in Sportgruppen heillos überfordert gewesen war, überraschte es, wie sehr ich mich nun jeden Tag auf die Arbeit freute. Normalerweise waren blondierte Haare, Tattoos oder Piercings auf der Arbeit tabu, hier waren sie an der Tagesordnung. Village Vanguard gab jedem, auch den verlorenen Kindern, den Verstoßenen und Exzentrikern, einen Platz. »Du bist ja ganz schön individuell« war hier kein Schimpfwort, sondern eine Auszeichnung.

Kurz nachdem ich dort angefangen hatte, schien es mir, als würde ich nun einfach nur noch mehr Zeit in meinem Lieblingsbuchladen verbringen, selbst das An-der-Kasse-Stehen machte mir Spaß.

Doch je länger ich dort arbeitete, desto ehrgeiziger wurde ich. Ich wollte mich auch gegenüber den Kollegen beweisen, die zur selben Zeit wie ich angefangen hatten. Wie weit würde ich es bringen? Ich begann damit, eigene Schilder zu schreiben, wie ich sie damals beim ersten Besuch so bewundert hatte. Jedes Mal, wenn ein Kunde eines der von mir angepriesenen Bücher kaufte, jubelte ich innerlich. Ich dachte nur noch darüber nach, wie ich meine Werbetexte verbessern könnte. Alle Mitarbeiter konnten frei über den Laden verfügen, daher kümmerte ich mich nach drei Monaten um die Sortimentsbestellungen. Es erfüllte mich mit großer Befriedigung zu beobachten, wie sich die von mir bestellten Waren abverkauften.

Kurioserweise machte mir meine alte Arbeit im Unterhaltungsgewerbe ebenfalls immer mehr Spaß. Die Gothic-Bar, in der ich als Hostess arbeitete, wurde von Leuten aus der BDSM-Szene und trans Personen frequentiert. Große Gruppen von Gästen zu unterhalten fiel mir weiterhin schwer. Mir waren die Gäste am liebsten, die allein kamen und ein wenig betrübt aussahen. Mit ihnen unterhielt ich mich stundenlang angeregt, und wir lachten viel zusammen. Was konnte ich meinen Gästen bieten? Zum ersten Mal erfuhr ich, wie wertvoll Arbeit für das eigene Selbstbewusstsein sein kann. Anhand der zunehmenden Zahl der mir zugewiesenen Gäste und ihren Reaktionen auf mich verstand ich, wie sehr sie mich schätzten. Es war, als würden sie mir bestätigen, dass ich lebte. Das war ein wunderbares Gefühl.

Als ich mich entscheiden musste, welchen der beiden Jobs ich weitermachen wollte, wählte ich das Village Vanguard. Damals, das war vor zehn Jahren, waren die Filialleiter ausschließlich Männer. Ich beschloss, die erste Frau in der Position zu werden, und tatsächlich dauerte es nicht lange, bis ich mein Ziel erreichte. Nun konnte ich einen eigenen Buchladen nach meinen Ideen gestalten. Die richtigen Strategien zu finden, um Umsatz zu machen, gefiel mir ebenfalls. Mein Interesse verschob sich jedoch immer mehr von den Spielzeugen, Merchandise und Nippes hin zum Büchersortiment. Anfangs hatte mich vor allem das subkulturelle Flair des Ladens angezogen, als Leiterin meiner eigenen Buchhandlung fand ich nun Gefallen daran, die Bücherregale ansprechend einzurichten und gewisse literarische Genres und Formate gewagt nebeneinander zu platzieren. Ich stand im Laden und stellte mir vor, wie die Kunden hereinkämen. Wenn ich hier und da einen Aufsteller oder ein Schild hinmachte, würden die Leute sicher stehen bleiben und zu den Büchern greifen. Besonders ausgeklügelte Verkaufsstrategien bereiteten mir großes Vergnügen. Wenn ich ein Buch sah, von dem ich dachte, dass es ein Bestseller werden könnte, schrieb ich ein lustiges Schild dazu und stellte mir vor, wie sich die Leute darum reißen würden.

Die Bücherstapel im Laden anzuordnen, dazu die knallgelben Schilder mit meinen Rezensionen zu schreiben – ich konnte mir keine schönere Arbeit vorstellen. Dasselbe tat ich mit den Fotobildbänden, Kochbüchern und Lebensratgebern. Oft stand ich vor einer neuen Lieferung und überlegte, wie ich dieses oder jenes Buch am besten beschreiben könnte. Was war die Essenz dieser Lektüre? Oft hielt ich das Buch lange in der Hand, blätterte und las ein wenig darin, bis ich die richtigen Worte gefunden hatte.

Meine Verkaufsstrategien und die Schildergestaltung wurden auch auf der Arbeit in den höchsten Tönen gelobt, und für eine Weile war ich der neue Liebling der Geschäftsleitung. Ich durfte nun die Buchbestellungen für den Laden in Shimokitazawa verantworten, neue Business-Strategien etablieren und die Gestaltung des Buchangebots in neuen Filialen konzipieren.

Doch mit der fortschreitenden Expansion Village Vanguards in die großen Shoppingmalls der Außenbezirke von Tokio begann sich die Arbeitsatmosphäre zu verändern. Man konzentrierte sich nun vor allem auf den Verkauf von Merchandise, da das den größten Umsatz generierte. Das Büchersortiment geriet immer mehr ins Hintertreffen. Doch auch das Merchandise und die Geschenkartikel hatten sich gewandelt. Früher waren die skurrilen Gimmicks zur Belustigung gedacht, grotesk, witzig, ohne großen Sinngehalt. Inzwischen füllten unzählige Anime- und Gaming-Figuren die Regale, und ohne sie machte ein Laden nicht genügend Gewinn, um fortzubestehen.

Diese fortschreitende Kommerzialisierung bereitete uns Mitarbeitern große Sorgen. Das Herzstück von Village Vanguard war für mich in Gefahr, und ich tat alles dafür, um das Unheil abzuwenden. Dem obersten Geschäftsführer sagte ich recht unverblümt ins Gesicht, dass Village Vanguard durch die Abstriche im Büchersegment dabei war, seinen wichtigsten Markenkern zu verlieren. Ich schloss Kooperationen mit Buchverlagen und Agenturen, veranstaltete mit Kolleginnen eine besondere Ausstellung im Laden, die unserer Vision von Village Vanguard entsprach. Doch unsere Bemühungen blieben erfolglos. Die Zeichen standen auf Kommerzialisierung, und viele der konservativen, alteingesessenen Mitarbeiter stellten sich gegen mich. Ich spürte, dass ich meine hart erkämpfte Stellung verlor. Nach und nach kündigten all die alten Arbeitskollegen, die ich zuvor so bewundert hatte.

Das alles änderte nichts an der Tatsache, dass mich Village Vanguard lehrte, was gute Arbeit wirklich bedeutet. Ich hatte den Buchhandel lieben gelernt. Niemals hätte ich mir vorstellen können, Village Vanguard einmal zu verlassen. Ich hatte mein ganzes Leben Village Vanguard verschrieben und wusste nicht, wie ich den Weg hinausfinden sollte.

Yoshida-san traf ich, als ich gerade frisch bei Village Vanguard anfing. Er war der damalige Filialleiter und ich eine der Aushilfen. In einer Pause im Hinterhof der Roppongi-Filiale unterhielten wir uns das erste Mal über Literatur. Er zog ein Buch aus der Tasche und fragte mich, ob ich den Autor kannte. Er sei ziemlich spannend. In seiner Hand war der frisch erschienene Essayband »Lass uns nach Hause gehen« des Lyrikers Hiroshi Homura. Ich kannte ihn nicht, doch da Yoshida-san ihn für gut befand, verschlang ich das Buch am folgenden Wochenende. Ich war sofort gebannt. Ein derart mitreißendes Buch hatte ich noch nie gelesen. Als ich das Yoshida-san beim nächsten Mal mitteilte, schien er sich zu freuen. So wurden wir Bücherfreunde.

Der Buchladen in Roppongi Hills, in dem ich angefangen hatte, wurde nach einem Jahr bereits wieder geschlossen. Wir Mitarbeiter und Aushilfen wurden auf alle Filialen innerhalb Japans verteilt und verloren uns aus den Augen. Nur mit Yoshida-san blieb ich in Kontakt. Ab und zu schrieben wir uns Nachrichten:

»Nana-chan, hast du Mimi Hachikai schon gelesen?«

Das war eine renommierte japanische Lyrikerin und Preisträgerin des Ayukawa-Preises für zeitgenössische Poesie.

»Yoshida-san, das neue Skizzenbuch von Shinsuke Yoshitake ist erschienen.«

Ein erfolgreicher Illustrator und Kinderbuchautor, den ich ihm unbedingt empfehlen musste.

»Ich habe Shirō Maeda gelesen, was für ein brillanter Autor!«

Maeda war ein ausgezeichneter Dramaturg und Schauspieler.

»Da wir gerade über Theater sprechen, Sōhei Wakusakas Buch über seine Schulzeit ist großartig.«

So ging es hin und her, und langsam lösten unsere kurzen Nachrichten die Hierarchie zwischen uns auf. Wir wurden Freunde. Yoshida-san war scharfsinnig und behielt auf der Arbeit stets die Ruhe. Wenn er schweigend seiner Arbeit nachging, sah er wirklich gut aus. Er genoss unter den Mitarbeitern großes Vertrauen. Er hatte jedoch etwas an sich, das mich von ihm fernhielt. Vielleicht war es seine Neigung, mit einer gewissen Kühle durchs Leben zu gehen. Wenn er stolperte, verzog er keine Miene und tat, als sei nichts gewesen. Andere Menschen wären zumindest in Verlegenheit geraten, hätten vielleicht verschämt gelacht. Wenn ich ihn aufziehen wollte, ließ er mich abblitzen, ohne mit der Wimper zu zucken. Und gingen wir mit unseren Kollegen und Kolleginnen von Village Vanguard nach der Arbeit zusammen in eine Bar, saß er meist schweigend in einer Ecke. Neben ihm konnte ein feixender Kollege den Tisch zum Toben bringen – und Yoshida-san würde nur ungerührt danebensitzen und ihn leise nachahmen. Die anderen konnte er mit seiner coolen Art auf der Arbeit in die Irre führen. Doch ich kannte seine komische Seite, die mich an den Autor Hiroshi Homura erinnerte, den er mir damals empfohlen hatte.

Inzwischen war Yoshida-san Manager des gesamten Kantōgebietes, und ich leitete meine eigene Filiale. Er kam ab und zu in meinen Buchladen, um nach dem Rechten zu sehen.

Einmal sollte er meine Umsatzzahlen prüfen. Als er den Laden betrat und am Eingang die vielen Animefiguren sah, kommentierte er trocken: »Du musst ja ganz schön leiden«, und schaute sich mit verkniffener Miene in meinem Laden um. Als er mit seiner Prüfung fertig war, meinte er zum Abschied: »Wenn ich das nächste Mal komme, möchte ich ein paar Buchempfehlungen von dir sehen«, und ging.

Er hatte es erkannt. Die Arbeit bereitete mir keine Freude mehr. Obwohl ich mir so große Mühe gemacht hatte, der Geschäftsleitung gegenüber meinen Unmut über die wachsende Geringschätzung von Büchern kundzutun, verspürte ich selbst keinerlei Lust mehr, mich um meine eigenen Bücherregale zu kümmern. Ich war nur noch damit beschäftigt, dass sich das Merchandise gut verkaufte. Nicht einmal die gelben Schilder mit den Buchempfehlungen hatte ich mehr. Mein Laden erschien mir wie Ödland. Ich wollte nicht mehr für ein Unternehmen arbeiten, das Bücher nicht wertschätzte.

Als hätte Yoshida-san das erkannt, hatte er mich auf seine Weise zu motivieren versucht. Jedenfalls verstand ich seine Äußerung so. Ich wusste, dass er eigens bis nach Yokohama gekommen war, um ein Auge auf mich zu haben und mich darauf hinzuweisen, wenn ich bei einer Abrechnung einen Fehler gemacht hatte. Dabei sollte er bald aufs Land versetzt werden. So sehr kümmerte er sich um mich. Seine Aufmerksamkeit machte mich verlegen.

Ich beschloss, meinen Laden bis zu seinem nächsten Besuch so auf Vordermann zu bringen, dass er sich vor Lachen nicht halten würde. Doch das war leichter gesagt als getan. Die Bücherregale würde ich innerhalb eines Monats nicht gut sortieren und umgestalten können. Ich war ratlos.

Da fiel mir etwas ein. Vielleicht musste es ja gar nicht der Buchladen sein. Ich könnte auch einfach einen Stapel Bücher auswählen, die ich ihm empfehlen würde. Seit einiger Zeit tauschten wir uns kaum mehr über unsere Lieblingsbücher aus. Das würde so etwas wie die Feuerprobe unserer zehnjährigen Freundschaft werden.

Ich begann, all die Bücher, die Yoshida-san gelesen hatte, zu notieren, seine Lieblingsautoren, deren Charakteristika und was er in der Vergangenheit über dieses oder jenes Buch gesagt hatte.

Auf dieser Grundlage wählte ich meine Leseempfehlungen aus. Mir fiel ein Buch ein, das ich vor einiger Zeit gelesen hatte. »Wer oder was bin ich?« von Kei'ichirō Hirano, einem renommierten Schriftsteller und einem der jüngsten Preisträger des Akutagawa-Literaturpreises. Dieser Roman könnte ihm gefallen. Er hatte immer angeregt über Bücher, die die eigene Existenz reflektierten, gesprochen. Ob er den Manga »Wild Mountain« vom Comicartist und Illustrator Hideyasu Moto gelesen hatte? Es hatte eine Weile gedauert, bis der letzte Band erschienen war. Diese Reihe musste man unbedingt zu Ende lesen, sonst verpasste man das Beste. Oder wie war es mit einem anderen Manga, ich dachte an »Misslungenes Leben« von Shinya Kinoshita. Das könnte ihm auch gefallen. Dann wäre da noch Yū Nagashima, der berühmte Schriftsteller und Comiczeichner. Hatte Yoshida-san ihn wohl schon gelesen?

Wenn ich in eine ganz andere Richtung dachte, erinnerte ich mich an ein Buch, das erst kürzlich geliefert worden war und mir gefiel. Es handelte von der Zukunft der großen Einkaufszentren: »Stadt, Konsum und der Traum von Disney«. Ob er das schon kannte?

Je mehr ich nachdachte, desto mehr Bücher fielen mir ein. Ich entschied mich daher letztendlich für zehn Titel.

Doch waren zehn nicht zu wenig? Vielleicht lieber zwanzig? Ich konnte mich nicht entscheiden. Ich zückte meine Liste, machte mich auf zu meinen Lieblingsbuchläden und durchforstete sie nach weiteren Lektüretipps für Yoshida-san. Bei meiner Auswahl konzentrierte ich mich darauf, ob sie laut meiner Vorstellung zu Yoshida-san passen könnten, oder ob er in letzter Zeit etwas gesagt hatte, das zum Thema passte. Mein Auswahlkarton füllte sich beständig mit Büchern.

Als die Nachricht von Yoshida-san kam, dass er am nächsten Tag in meinem Buchladen vorbeischauen wollte, war ich bereit. In der Kiste befanden sich nun dreißig sorgfältig ausgewählte Bücher. Es kostete noch etwas Zeit, mir eine passende Reihenfolge und die entsprechenden Kommentare zu den Büchern zu überlegen. Die Bücher wanderten unzählige Male aus der Kiste in meine Hände und wieder zurück.

Am nächsten Tag trafen wir uns in dem kleinen Hinterhof meines Buchgeschäftes, in dem sich die Kisten mit unverkaufter Ware stapelten. Ich saß vor Yoshida-san auf einem Stuhl und nahm feierlich das erste Buch aus der Kiste.

»Das erste Buch, das ich dir empfehlen möchte, ist dieses hier.«

Meine Präsentation begann. Zu Beginn war ich noch guter Dinge, doch mit der Zeit wurde ich immer angespannter. Ich hatte nicht geahnt, wie ernst mir diese Buchempfehlungen sein würden. Ich hatte schon unzählige Bücher verkauft, doch mir war nicht bewusst gewesen, wie schweißtreibend ein direktes Verkaufsgespräch sein konnte. Yoshida-san hörte mir zu, nickte andächtig, und legte am Ende des entsprechenden Vortrages jedes der ausgesuchten Bücher auf einen von zwei Stapeln.

»Welcher Stapel ist welcher?«, fragte ich ihn irgendwann.

»Das sage ich dir später. Mach ruhig weiter«, antwortete er.

Ich achtete auf seine Mimik, auf jeden seiner Blicke, jede noch so minimale Bewegung. Interessierte ihn mein kleiner Vortrag? Langweilte er sich? Seine Miene verriet mir nichts. Ich merkte, dreißig Bücher waren wirklich zu viel, meine Präsentation zog sich in die Länge. Ich begann, meine Kommentare zu den Büchern abzukürzen, achtete auf seine Reaktionen und sagte nichts mehr, wenn er bereits beim ersten Blick auf das Buch grinste.

Endlich war ich beim letzten Buch angelangt. Ich war vollkommen erschöpft, so viel hatte ich geredet.

Yoshida-san begann, die Bücherstapel vor sich zu sortieren. Einige wanderten von einem Stapel zum anderen und wieder zurück.

»Diese hier nehme ich«, sagte er zu sieben übrig gebliebenen Büchern. Vielleicht hatte er nur Erbarmen mit seiner armen Untergebenen. Vielleicht fühlte er sich mir verpflichtet. Vielleicht gefielen sie ihm wirklich?

Als er mir die sieben Bücher überreichte, spürte ich, wie mir die Tränen kamen. Welch ein schönes Gefühl, die richtige Lektüreauswahl für jemanden getroffen zu haben.

Noch nie hatte ich mir bei der Auswahl von Büchern so viele Gedanken gemacht wie für Yoshida-san. Man kann anderen Menschen ein Buch empfehlen, auch ohne sie zu kennen oder eine triftige Begründung zu haben. Es reicht zu sagen, dass man das Buch spannend, faszinierend, unterhaltsam findet. Dieser simple Satz genügt. So wird es in Zeitungen und Zeitschriften gemacht. So tun es die Buchläden, um ihre Ware zu verkaufen.

Doch das interessierte mich nicht.

Man kann jemandem ein Buch nur dann empfehlen, wenn man die Person wirklich gut kennt. Genauso gut kann man ein Buch nur wirklich empfehlen, wenn man es selbst gelesen hat. »Bitte lies dieses Buch«, kann man nur sagen, wenn man den konkreten Grund kennt, warum es für das Gegenüber interessant sein soll.

Ich verstand damals, als ich das erste Mal die Bücher in dieser Weise kuratierte, nicht, was mit mir geschah. Es bereitete mir viel Freude, die dreißig Bücher für Yoshida-san auszuwählen. War ich ihm eine Hilfe? Freute er sich über meine Empfehlungen? Die Zeit würde es zeigen.

Das Glücksgefühl über mein Unterfangen hallte noch lange in mir nach. Nach solch einer Tätigkeit hatte ich so lange gesucht.

* * *

Mir kam diese Episode in den Sinn, als ich nach der ersten Euphorie die Plattform ThirtyMinutes langsam leid wurde. Wie gerne würde ich wieder jemandem unter Einsatz all meines bibliophilen Enthusiasmus Leseempfehlungen zusammenstellen und Lektüren vorschlagen. Bei den wildfremden Menschen, denen ich auf ThirtyMinutes begegnete, war das kein leichtes Unterfangen. Doch meine Leidenschaft damals, in dem Hinterhof, als ich Yoshida-sans Miene beobachtet hatte, während ich ihm meine Auswahl vorstellte, hatte mir geholfen, mich diesem großen Unbekannten erstmals zu stellen. Mein Ruf als Buchkennerin hatte auf dem Prüfstein gestanden. Meine innere Berufung war zutage getreten, das Bücherempfehlen war nun meine Geistesübung gleich einer Zen-Praxis. Ich hatte diesen Prozess in mir angestoßen, und nun gab es keinen Weg mehr zurück. Ich musste auf dem einmal eingeschlagenen Weg weitergehen.

3

Eine besondere Begegnung

Der Start meiner Reise ins Unbekannte war zwar holprig, und meine Beine mussten sich erst gewöhnen, den neuen Boden unter sich zu spüren. Nun lag der Weg jedoch klar vor mir.

In mir bewegte sich ein Kind wie verzaubert von der neuen Welt, in die es gefallen war. Hinter jeder Ecke verbarg sich eine Überraschung. Noch begriff ich nicht vollständig, was für eine besondere Aufgabe das Empfehlen eines Buches war. Ich gab mich voll und ganz dem Gefühl hin, mir nach jedem Treffen mein Gegenüber ins Gedächtnis zu rufen und durch sorgfältiges Abwägen das perfekte Buch für ihn zu finden.

Das lief so lange gut, bis ich Takashima-san traf.

Takashima-san war der Inbegriff eines Digital Nomad, wie man das damals nannte. Der Begriff ist inzwischen längst überholt. Er arbeitete in der Tech-Branche und konnte seinen Laptop je nach Belieben in jedem japanischen Café aufklappen, vorausgesetzt, es gab Wi-Fi. Ich hatte noch nie einen Digital Nomad getroffen, daher löcherte ich ihn bei unserem ersten Treffen mit tausend Fragen zu seiner Arbeit.

Er gab bereitwillig Antwort, und wir redeten viel über das sogenannte New Work und alternative Lebensweisen im digitalen Zeitalter. Unser Gespräch war dabei immer anregend und unterhaltsam.

Wieder zu Hause, hatte ich unzählige potenzielle Buchempfehlungen im Kopf. Ich setzte mich an meinen Laptop und begann, eine Nachricht an ihn zu verfassen. Die ausgewählten Titel waren: Die Bibel der Digital Nomads, Raymond Mungos »Lassen Sie das Universum arbeiten. Geld verdienen mit kosmischen Prinzipien«; Yoshiaki Nishimuras Sachbuch »Wie Sie Ihren Traumjob erschaffen«; der Ratgeber des angesagten Autors, Künstlers und Architekten Kyōhei Sakaguchi: »Souverän. Wie man sich einen eigenen unabhängigen Staat erschafft«; Hayato Ikedas »Verdient. Berufliche Freiheit mit nur 1 500 000 Yen«; und zuletzt Norito Furuichis »Glückloser Staat, glückliche Jugend«.

Diese Sammlung war das Ergebnis eigener Lektüren. Jedes Buch hatte mich inspiriert und mir die Tür zu neuen Lebensentwürfen geöffnet.

Voller Freude erwartete ich, dass die Auswahl Takashima-san ebenso gefallen würde, doch seine Antwort enttäuschte mich. Kurz und knapp schrieb er: »Diese Bücher habe ich alle schon gelesen.«

Mir war, als habe er mir einen Schwall kaltes Wasser über den Kopf gegossen, meine Freude verpuffte. Doch mir war sofort klar, was ich falsch gemacht hatte: Eigentlich war es selbsterklärend. Takashima-san war ein Meister seines Fachs. Unmöglich, dass eine Laiin ihm ein Buch empfehlen konnte, das er noch nicht kannte. Hätte er nicht erwähnen können, dass er viel las? Ich ärgerte mich über ihn. Dann atmete ich kurz durch. Nein, der Fehler lag bei mir.

Warum hatte ich ihn bei unserem Treffen nicht nach seinem Buchgeschmack gefragt? Was aber würde ihm wirklich gefallen? Vielleicht ein Abenteuerroman, anstatt weitere gesellschaftspolitische Abhandlungen?

Ich entschied mich für »In die Wildnis« von John Krakauer und »Illusionen« von Richard Bach.

Vergebens.

Seine Antwort kam postwendend. »Kenne ich auch.«

Mir gingen die Ideen aus. Was wäre, wenn ich kein Buch für ihn fand? Was würde das mit meiner selbst erklärten Zen-Praxis des Bücherempfehlens machen?

Eine Weile saß ich vor dem Laptop und zerbrach mir den Kopf. Dann wagte ich noch einen Versuch. »Die Kindergeschichte« von James Clavell, ein dystopischer Kurzroman und gleichzeitig ein Gedankenexperiment über die verführerische Gefahr von Gewaltherrschaften. Ein neuer Lehrer kommt an eine Schule und etabliert innerhalb von dreiundzwanzig Minuten eine vollkommen neue Machthierarchie unter den Schülern. Er ist rhetorisch so brillant, dass er nach seinem Vortrag selbst die misstrauischsten Kinder für sich eingenommen hat. Vergessen ist die alte Ordnung, die Demokratie, vergessen sind die alten Schulbücher, eine Schuluniform wird eingeführt. Unterschwellig merkt der Leser, dass da etwas nicht stimmt. Clavell schafft es mit ganz reduzierten Mitteln, die Mechanismen einer Diktatur sichtbar zu machen.

Takashima-san und ich hatten nicht über Politik gesprochen, trotzdem schien mir, einem Mann mit Sinn für Abenteuer könne ein solches Buch gefallen. Als ich auf Abschicken klickte, hoffte ich inbrünstig, er möge nicht noch einmal »Kenne ich schon« antworten.

Ich musste nicht lange warten. Kurze Zeit später ertönte der Klingelton meines Nachrichtenmessengers. Es war Takashima-san.

»Interessanter Vorschlag«, schrieb er, »noch nie von diesem Buch gehört. Ist schon bestellt.«

Ich hatte es geschafft, ich hatte den Jackpot geknackt! Möglicherweise hatte er gar nicht unwirsch sein wollen, sondern er war so direkt gewesen, weil er sich wirklich ein gutes Buch gewünscht hatte. Ob ich seinen Geschmack getroffen hatte, blieb abzuwarten, doch fürs Erste war ich zufrieden. Takashima-san schien von meinen bisherigen Bekanntschaften einer der wenigen zu sein, der ernsthaft an einer guten Leseempfehlung interessiert war.

Ich hatte meine Lektion gelernt. Ich hatte versucht, einem Murakami-Fan einen Murakami zu empfehlen. Ich hatte mich eindeutig überschätzt. Ein literarischer Empfehlungsknigge zu sein – das durfte man nicht auf die leichte Schulter nehmen.

Ich legte auf meinem Smartphone eine kleine Notiz an, in der ich mir ein paar grundlegende Regeln notierte, damit ich sie jederzeit zur Hand hatte. Sie sah ungefähr folgendermaßen aus.

Kriterien einer guten Buchempfehlung:

- Bei versierten Lesern eines Genres davon absehen, ihnen Standardwerke und Neuerscheinungen zu empfehlen.
- Unerfahrenen Lesern kann man bedenkenlos Klassiker und berühmte Werke empfehlen.
- Bei Viellesern stets Bestseller und Klassiker vermeiden. Besser ein weniger bekanntes Buch auswählen. Auch Bücher aus einer eher unbekannten Sparte sind denkbar.

- Begründungen liefern, warum man gerade dieses Buch auswählt.
- Wie weit man sich vom Lieblingsgenre des Lesers entfernen darf, kommt darauf an, wie man die Person bei dem Treffen wahrnimmt und ob sie es explizit wünscht.
- Man verlasse sich besser auf die Ausstrahlung einer Person, als sich an ihrem Geschlecht, Alter, ihrem Beruf oder den Interessen zu orientieren. Man mixe sich einen persönlichen »Cocktail« an Eindrücken.

So sah meine Liste momentan aus. Ich nahm mir vor, sie bei Bedarf zu erweitern.

* * *

Nach dem Treffen mit Takashima-san verabredete ich mich zum ersten Mal mit einer Frau. Nun erst bemerkte ich, wie nervös ich vor den Treffen mit Männern wirklich gewesen war, denn dieses Mal blieb ich ruhig und entspannt.

Sayaka war schlank, von gepflegtem Äußeren, ihr Gesicht wie eine Puppe. Sie hatte vor Kurzem die Uni beendet und arbeitete nun. Sie war fröhlich und offenherzig. Ich bewunderte sie.

Sie war schon länger auf ThirtyMinutes, und ich brannte darauf, von ihren Erfahrungen zu hören. Nach unserer ersten Begrüßung konnte ich mich nicht mehr zurückhalten.

»Wenn man so hübsch aussieht wie du, kann man sich vor Anfragen kaum retten, oder?«, fragte ich sie.

»Es ist sehr einfach herauszufinden, ob es jemand nur auf das eine abgesehen hat«, erwiderte sie trocken und zog ihr

Handy hervor. »Wenn ich den Verdacht habe, dass ich an einen Aufreißer geraten bin, schaue ich mir als Erstes sein Profil an. Wenn seine Favoritenliste nur aus jungen, hübschen Mädchen besteht, weiß man sofort Bescheid.« Sie lachte verschmitzt.

Interessante Theorie, dachte ich, ob das auch für die beiden Casanovas galt, die mich als Betthäschen rekrutieren wollen? Ich klickte mich durch ihre Profile und tatsächlich. Es war, wie Sayaka gesagt hatte. Ihre Favoritenlisten bestanden aus einer beachtlichen Auswahl bildhübscher Frauen mit exotischen Namen.

Sayaka schaute mir über die Schulter: »Meistens sprechen solche Playboys nur Frauen an, die neu auf der Plattform sind. Die beiden, an die du geraten bist, scheinen ein Paradebeispiel zu sein.«

Ich war sprachlos. Sie hatte den Nagel auf den Kopf getroffen. Nun war Sayaka an der Reihe. Sie zeigte mir die Liste der Nutzer, mit denen sie sich getroffen hatte, und kommentierte sie:

»Dieser ist ganz in Ordnung. Oh, und diese beiden scheinen auch nur Sex zu wollen, wurde mir von einer anderen Nutzerin gesagt.«

Ich erinnerte mich an Ida-sans Worte. Viele Nutzer schienen auf den ersten Blick nett und freundlich, verfolgten jedoch in Wirklichkeit ihre eigene Agenda. ThirtyMinutes war wirklich ein eigener Mikrokosmos. Wäre es eine reine Datingwebseite, gäbe es vielleicht nicht so viele schräge Vögel. Das musste ich wohl in Kauf nehmen.

Sayaka-chan riss mich aus den Gedanken. »Wenn diese Typen wenigstens interessant wären. Aber die meisten reden nur belangloses Zeug, findest du nicht?«

Ich nickte. Wie recht sie hatte. Im Verlauf unseres Gespräches erzählte mir Sayaka von ihren unglücklichen Liebesabenteuern. Ich verriet ihr eines meiner Geheimnisse: »Ich stehe total auf Männer, die gut singen können. Dann ist mir egal, wie sie aussehen.«

»Nanako, ist das dein Ernst?«

»Ich weiß auch nicht. Einmal, beim Karaoke mit Kollegen hat ein blasses Bübchen einen Song von Da Pump zum Besten gegeben, das war sehr sexy. Dabei gefällt mir Trance-Musik nicht einmal. Ich war so was von erschrocken, als ich am nächsten Tag neben ihm aufgewacht bin. Und alles nur wegen Trance?« Wir brachen in lautes Gelächter aus. Die anderen Gäste in dem schicken Café schauten uns missbilligend an.

»Das könnte ich nicht«, sagte Sayaka, »mein Beuteschema sind Schönlinge. Denen stehen ihre Hintergedanken förmlich ins Gesicht geschrieben«, sie hielt kurz inne, »am schlimmsten sind aber die ausländischen Männer. Die wissen nicht einmal, wie man Anstand buchstabiert. Die haben noch weniger im Kopf als die japanischen Playboys«, Sayaka kicherte. »Ich merke das leider immer zu spät, da mein Englisch so schlecht ist. Der positive Nebeneffekt: Die Beziehung hält länger.«

»Das ist doch Zeitverschwendung«, ich lachte.

»Ich habe mir daher angewöhnt, bei Dates meine alte, verwaschene Unterwäsche zu tragen. So eine mit Comicfiguren. Als Selbstschutz.«

»Du hast Unterwäsche mit Comicfiguren?«, fragte ich sie.

Sayaka lachte. »Eine Freundin hat sie mir aus Thailand mitgebracht. Es hilft aber nichts. Sobald ich mit einem Typen alleine bin, lasse ich die Unterwäsche nach dem Duschen im Bad liegen und klettere nur mit einem Handtuch bekleidet ins Bett. Bitte sag mir, wenn du einen besseren Tipp hast.«

Wir redeten und redeten und gingen erst, als der Ladenbesitzer uns höflich mitteilte, dass er nun schließen müsste.

Ich empfahl Sayaka den feministischen Essayband »Dirty Laundry. Wie Liebe und Sex in den Dreißigern wirklich funktioniert« der Autorin und Aktivistin Artesia. Auf dem Cover war die knallpinke Silhouette einer Frau in zweideutiger Pose abgebildet, darunter stand in grauer Schrift: Für Männer verboten.

Das Buch nahm kein Blatt vor den Mund. Dinge, die man sonst nur in betrunkenem Zustand mit Freunden besprach, prangten dort deutlich lesbar auf jeder Seite. Sayaka würde das Buch beim ersten Lesen bestimmt schockiert wieder zuschlagen. Artesia diskutierte aber auch viele der wichtigen zentralen Themen des Feminismus. Das Buch ermunterte Frauen, ihr eigenes Leben als handlungsfähiges Subjekt zu gestalten, sich nicht von Männern abhängig zu machen, ihre eigene Sexualität zu leben und misogynen Vorurteilen entgegenzutreten.

Sayakas Anstandsgefühl würde ihr bestimmt verbieten, das Buch in der Bahn auf dem Weg zur Arbeit oder in der Öffentlichkeit vor anderen Menschen zu lesen.

Ihre Antwort ließ nicht lange auf sich warten: »Nanako, danke für deinen Buchtipp! Ich konnte es gar nicht weglegen. So viele kluge Gedanken. Ich werde es aber wahrscheinlich unter meinem Bett verstecken, haha. Auf das selbstbestimmte Leben! Lass uns ganz bald wieder ein Treffen vereinbaren.«

Beim Lesen ihrer Nachricht hatte ich Sayakas Stimme im Ohr. Ich musste schmunzeln.

Ich war erleichtert, nach dem Debakel der ersten Treffen auf ThirtyMinutes derart aufrichtigen und sympathischen Menschen wie Sayaka und Ida-san zu begegnen. So stellte ich mir die idealen Gespräche vor, in angenehmer Atmosphäre, unter gegenseitiger Rücksichtnahme, ohne anrüchige Nachrichten im Nachgang. Bereits während des Treffens hatte mir das ideale Buch, das ich den beiden vorschlagen wollte, vorgeschwebt.

Was ich so lange für schwierig und unerreichbar gehalten hatte, nämlich mit anderen Menschen in Kontakt zu treten, war endlich zum Greifen nahe. Meine Angst und alle Vorbehalte waren restlos weg.

* * *

Ida-san und Sayaka sah ich nie wieder. Doch es gab hier und dort so manch eine Bekanntschaft, die sich zu mehr entwickelte.

Eine dieser Bekanntschaften war Endō-san. Er war Filmemacher, drei Jahre jünger als ich und teilte sich mit Freunden ein Studioatelier im Stadtteil Harajuku. Wir wollten uns dort zum ersten Mal treffen, da er am selben Tag eine Möbellieferung erwartete. Er schrieb, dass eine befreundete Assistentin ein und aus gehen würde, nicht gerade gemütlich für ein erstes Treffen, er werde mich aber mit Kaffee entschädigen. Wir waren um 15 Uhr verabredet. Ich kaufte auf dem Weg eine Packung teure Eiscreme als kleine Aufmerksamkeit.

Endō-sans Nachricht hatte geklungen, als würde er mich in ein kaltes, ungemütliches Atelier einladen. Doch das Gegenteil war der Fall, wie ich beim Eintreten erleichtert feststellte. Die Räume waren lichtdurchflutet, in der Mitte seines Ateliers standen ein bunter Tisch und Stühle, neben dem Schreibtisch Designerregale, und ich entdeckte sogar eine Sammlung kleiner Snoopy-Figuren.

Endō-san begrüßte mich verhalten, aber freundlich.

»Schön, dass Sie es geschafft haben.« Er bot mir einen der Stühle an, auch sein Lächeln war schüchtern. Ich setzte mich. Endō-san war nicht viel größer als ich und hatte jungenhafte Züge. Mit seiner schwarz-grünen Brille und in den weißen Turnschuhen sah er aus wie der Inbegriff einer dieser Kreativen aus Harajuku.

Jedes Mal, wenn ich eine neue ThirtyMinutes-Bekanntschaft traf, steigerte sich meine Nervosität kurz vor dem Treffen ins Unermessliche und kam in den ersten Minuten nach dem Erstkontakt zu ihrem unerträglichen Höhepunkt. Erst dann flachte sie ab und legte sich schließlich wieder. Aus einem Fremden war ein freundliches Gesicht geworden.

Eine der größten Erkenntnisse, die ich durch meine Online-Verabredungen gewann, war, dass ich bereits in den ersten Minuten mit großer Sicherheit sagen konnte, ob ich mich gut mit meiner neuen Bekanntschaft verstehen würde. Es war, als würde ich instinktiv den Charakter meines Gegenübers erfassen. Bei Endō-san wusste ich vom ersten Moment an, dass wir auf derselben Wellenlänge lagen. Mein Herz klopfte ein wenig.

»Das hier ist für Sie«, sagte ich und überreichte ihm das Dessert.

»Häagen Dasz, welch ein Luxus«, sagte er, »was für eine schöne Verpackung.« Er nahm die beiden kleinen Eisbecher aus der Tüte und sah sie sich neugierig an. Dann wendete er sich mir zu und fragte: »Was essen Sie lieber, Zartbitter oder Vollmilch?«

»Mir ist beides recht«, sagte ich, »Sie wählen.«

Endō-san lächelte verstohlen: »Dann nehme ich Vollmilch.« Er reichte mir den zweiten Becher und sagte beim Aufreißen der Schutzfolie: »Ich muss gestehen, meine Geschmacksknospen haben sich seit der Grundschule nicht sonderlich weiterentwickelt.«

Er schien sich seiner Verspieltheit bewusst sein, doch das machte ihn nicht weniger sympathisch.

»Das beschränkt sich übrigens nicht nur aufs Essen«, fuhr er fort, während er den kleinen Plastiklöffel vom Deckel pulte. »Ich könnte niemals in einem Büro arbeiten. Ich würde eingehen, wenn mir die Arbeit keinen Spaß machen würde. Geld ist mir selbstverständlich wichtig, keine Frage, aber es ist nicht alles im Leben«, er schien kurz nachzudenken und meinte dann schulterzuckend: »Ich halte nichts davon, mir wegen allem den Kopf zu zerbrechen. Ich bin wahrlich kein Philosoph.«

Ich lächelte. »Das dachte ich mir schon.« Ich schaute zuerst auf mein Eis, dann zu ihm, »also mir gefällt Ihre nichtphilosophische Lebensphilosophie«, und dann, vorsichtig, »ich fühle mich in Ihrer Anwesenheit sehr wohl.«

Das stimmte. Es war, als ob ich Endō-san schon ewig kannte. In seiner Nähe legte sich seine Zuversicht freundlich um mich und machte mich entspannt und fröhlich. So wie er.

»Ja?«, sagte er. »Das freut mich.«

Es lag mir auf der Zunge, also fragte ich ihn. »Sie haben ein gutes Verhältnis zu sich selbst, oder?«

Er ließ von seinem Eis ab und schaute mich an. »Sie reden ja nicht lange um den heißen Brei herum, Nanako«, sagte er, »und dann treffen Sie auch noch voll ins Schwarze. Sie machen mich verlegen.« Ein Grinsen. »Da ich Sie als jemanden einschätze, der das nachvollziehen kann, gestehe ich, Sie haben recht. Ich bin jemand, der sich selbst gerne mag. Ich hoffe jedoch, dass sich alle anderen Menschen genauso fühlen. Mehr nicht.«

Ich lächelte und sah auf das Eis in meinem Becher. Dunkle, cremige Zartbitterwogen. »Das ist das Wichtigste im Leben, nicht wahr? Wir Menschen wollen glücklich sein und quälen uns, wenn wir es nicht sind.«

Er schaute mich an. »Ist das so?«

»Oh nein, das Eis schmilzt!«, sagte ich mit Blick auf meinen Becher.

»Dann lassen Sie uns schnell essen.« Er lächelte übers ganze Gesicht und legte die Hände aneinander: »Guten Appetit!«

Nachdem der Inhalt unserer Eisbecher beträchtlich geschrumpft war, nahm ich die Unterhaltung wieder auf.

»Endō-san, was macht eigentlich ein Filmemacher?«

Er schien kurz zu überlegen. »Kennen Sie diese eine Krimi-Fernsehserie? Das Opening habe ich gemacht, das ist wahrscheinlich meine bekannteste Produktion. Ich drehe auch Musikvideos für eher unbekannte Bands.«

Er zeigte mir auf seinem Handy das YouTube-Video einer Indieband, die, entgegen seiner Aussage, recht bekannt war.

»Der Großteil meiner Arbeit besteht aber aus Werbevideos für Firmen, das ist zugleich der unspektakulärste Teil.«

Unser Gespräch wanderte von dort zu der Frage, warum wir uns auf ThirtyMinutes angemeldet hatten, er erzählte von den Filmen, die er als Jugendlicher mit seinen Kumpels gedreht hatte, dann unterhielten wir uns über unsere Lieblingsmanga. Uns schienen die Themen nicht auszugehen. Bald wusste ich von seinen Reisen ins Ausland und dass er schon einmal beim Burning Man Festival, einem mehrtägigen Musik-Camp mitten in der Wüste, gewesen war. Wir hätten ewig weiterreden können.

»Nanako, Sie sind Leiterin einer Village-Vanguard-Filiale? Beeindruckend!«

Ich winkte ab.

»Ich liebe diese gelben Schilder«, führte er fort. »Jedes Mal, wenn ich dort bin, lese ich sie mir alle durch und würde am liebsten selbst welche schreiben. Und erst dieser ganze schräge Kram! Einfach großartig! Am liebsten hätte ich eine ganze Sammlung davon!«

So wie Endō-san reagierten viele Leute, wenn ich meine Arbeit bei Village Vanguard erwähnte. Dann erzählte ich meist ein paar Geschichten aus dem Nähkästchen. Kaum jemand wusste, dass in der internen Hierarchie Karrieremenschen, die bei anderen Unternehmen mit Handkuss begrüßt worden wären oder die besonders gut aussahen, bei Village Vanguard niemanden beeindruckten. Man lief eher Gefahr, einen neckischen Spitznamen verpasst zu bekommen. An die unangefochtene Spitze der Hierarchie kamen nur besonders schräge Leute, die beispielsweise einen besonderen Fetisch hatten. Ein Kollege hatte mal erzählt, dass er nur in

Stimmung kam, wenn er von seiner Freundin mit einem rohen Fisch geschlagen wurde. Beliebtheit errang man auch, wenn man es mit einem Video in das satirische Nachtprogramm »Tamori's Club« schaffte, in dem bekannte englische Popsongs japanisch interpretiert wurden und für allerlei komische Verwechslungen sorgten.

Eine andere Anekdote stammte aus der Zeit, als ich gerade zur Filialleiterin ernannt worden war. Ich hatte einer Kollegin die Verantwortung für die Spätschicht übertragen und war gegangen. Auf dem Weg zum Bahnhof merkte ich, dass ich etwas im Laden vergessen hatte, und ging noch mal zurück. Der Anblick, der sich mir bot, war ein Bild für die Götter. Ich fand alle Mitarbeiter der Spätschicht Eis essend hinter der Kasse. Das sei Eis aus Mais, meinten sie, es sei wirklich ekelhaft. Ich war so verblüfft, dass mein Ärger sich in Luft auflöste. Da sie das Eis am Stiel nirgends ablegen konnten, arbeiteten sie mit dem Nachtisch in der Hand einfach weiter. Es war ein Anblick zum Schreien, wir erzählten uns lange davon.

Oder die andere Episode: Bei einer Vorstandssitzung hatte der Geschäftsleiter einmal mit tieftrauriger Miene verkündet, ein Gummiball in Form einer Frauenbrust sei das meistverkaufte Produkt des Jahres. Das gesamte Plenum brach in Gelächter aus. Das war der typische Humor bei Village Vanguard.

Ich wollte Endō-san gerne davon erzählen, doch irgendetwas hielt mich zurück.

Stattdessen kamen die Worte: »Ja, früher war es sehr lustig, aber diese Zeiten sind vorbei. Ich würde am liebsten kündigen«, aus meinem Mund. Ich erschrak. Wie verbittert ich klang. Ich schämte mich.

Endō-san schien das nicht zu stören. Stattdessen fragte er, als sei es das Normalste auf der Welt: »Verstehe. Und was würdest du stattdessen gerne machen?«

Als ließe sich das so einfach sagen … Ich schürzte nachdenklich die Lippen. Village Vanguard war mein ganzes Leben. Wie könnte ich dort einfach kündigen?

Von außen betrachtet, war das vielleicht gar kein großer Schritt. Warum hing ich nur so an dieser Arbeit? Konnte ich nicht mehr wie Endō-san sein? Einfach und klar, statt mich mit diesen schweren Gedanken zu quälen?

Was wollte ich stattdessen tun?

Endō-sans Zuversicht erinnerte mich daran, dass auch ich diese Leichtigkeit in mir trug. Sie war beinahe verschwunden, und nur durch seine Anwesenheit kam sie wieder zum Vorschein. Ich spürte, wie ich einen Teil von mir wiederfand, den ich sehr gerne mochte.

Ich wandte mich an ihn. »Endō-san, ich beneide Sie. Sie scheinen nicht einen schlechten Gedanken über andere Menschen zu hegen. Ich bin per se kein negativer Mensch, aber Ihre Fähigkeit würde ich gerne besitzen.«

Endō-san lächelte. »Das freut mich. Aber Sie irren sich. Wenn ich auf Facebook sehe, wie Bekannte Karriere machen oder eine Familie gründen, bin auch ich neidisch.«

Ich schaute in sein offenherziges Gesicht. Da war es wieder. Das Herzklopfen.

Wenig später wurde ein großes Paket geliefert. Es war das Sofa, das an dem Tag kommen sollte. Weitere Leute trafen im Studio ein und klappten im Nebenzimmer ihre Laptops auf. Unsere Unterhaltung geriet ins Stocken. Endō-san wirkte nicht, als ob er unser Gespräch beenden wollte, aber vielleicht hielt ich ihn vom Arbeiten ab?

Er unterbrach meine Gedanken: »Worüber wollen wir jetzt reden?«

Ich war erleichtert, dass er das sagte. Ein Zweifel blieb, ob ich ihm damit nicht etwas Falsches signalisierte oder in etwas einwilligte, das ich nicht wollte.

»Bei unserem Gespräch über Manga ist mir etwas eingefallen ...« Ich lenkte das Gespräch auf unverfängliches Terrain.

Nach einer Weile schaute Endō-san auf seinen Laptop neben sich auf dem Tisch. »In einer halben Stunde bekomme ich die Rohfassung eines Projektes. Ich würde mir das gerne einmal anschauen, und dann bin ich fertig für heute. Wenn Sie Zeit haben, könnten wir zusammen zu Abend essen?«

»Das wäre nett«, sagte ich.

Es wurde bereits dunkel, als wir das Studio verließen. Wir entschieden uns für ein Restaurant in einer nahe gelegenen Seitenstraße, in dem schon die Grills qualmten. Unsere Gespräche rissen nicht ab, obwohl wir schon so lange zusammen waren.

Nach dem Essen gingen wir in eine kleine Bar. Wir blieben bis zur letzten Bahn, das war gegen ein Uhr.

Vor der Ticketschranke tauschten wir unsere Telefonnummern aus und verabschiedeten uns lächelnd.

»Das war schön«, sagte er, »bis bald!«

»Geht mir genauso. Ich melde mich.«

Ich eilte die Rolltreppe zum Bahnhof hinunter. Als ich am Gleis entlanglief, vibrierte mein Handy. Eine Textnachricht leuchtete auf.

»Jetzt fehlst du mir. Hast du Lust, noch etwas zu machen?«

Ich starrte einen Moment auf mein Handy, dann drehte ich mich auf der Stelle um und nahm die Treppe zurück nach oben.

Endō-san wartete an der Ticketschranke, als hätten wir uns dort verabredet, und winkte mir, ohne rot zu werden, zu.

»Worauf hast du Lust?«

Wir schienen beide zu wissen, dass wir heute nicht zusammen in ein Hotel gehen würden. Ich dachte kurz nach. »Wie wäre es mit Darts? Es ist Ewigkeiten her, dass ich das gespielt habe.«

Wir gingen also Darts spielen und danach in einen Irish Pub. Zuerst schauten wir ein Fußballspiel, als wir genug davon hatten, spielten wir Games auf unseren Handys und begannen irgendwann wieder zu reden. Zwischen uns herrschte eine Vertrautheit, als wären wir schon seit Kindertagen Freunde. Wir konnten offen über alles reden, was uns einfiel. Nichts war zu tun, nichts musste sein. Es war, als ob wir zusammen die Sommerferien verbrachten.

Doch irgendwann überkam mich die Müdigkeit.

»Nanako«, Endō-san berührte meine Schulter.

Ich schrak hoch. »Ja?«

»Entschuldige. Ich bin todmüde. Ich habe zwar gesagt, dass wir bis zum Morgen durchhalten, aber wie wäre es, wenn wir in mein Studio zurückgehen und uns dort bis zur ersten Bahn hinlegen?«

Ich zögerte. »Okay.«

Was meinte er wohl damit? Wollte er mit mir ins Bett? Ich versuchte, ihn zu durchschauen, aber er schien keine Hintergedanken zu haben. Und was war mit mir? Wollte ich mit ihm schlafen? Bald würde ich vielleicht in einer Situation sein, in der ich mich entscheiden müsste.

Ich dachte auf dem gesamten Rückweg zum Studio darüber nach, kam jedoch zu keinem Entschluss. Ich mochte Endō-san sehr, doch wollte ich heute schon den nächsten Schritt gehen? Ich wusste es nicht. Gut möglich, dass es die zarten Anfänge kaputt machen würde. Das wäre wirklich schade.

Ich ignorierte meine Bedenken und folgte Endō-san in sein Atelier.

»Großartig, das Sofa ist aufgebaut. Was für ein Glück!«, sagte Endō-san beim Reinkommen, warf sich auf das Sofa und blieb dort liegen. Ich blieb unschlüssig stehen. Wartete er auf mein Zeichen? Sollte ich die Initiative ergreifen? Wartete er vielleicht darauf, dass ich ihn fragte, ob ich mich neben ihn legen durfte?

Plötzlich hörte ich ein Schnarchen. Er war eingeschlafen. Ich zuckte mit den Schultern, bereitete mir aus dem Teppichvorleger ein Nachtlager, nahm einige Bücher aus dem Regal und begann zu lesen.

Was für eine aufregende Nacht.

Als die Seiten vor meinen Augen zu verschwimmen begannen, fuhren die ersten Bahnen wieder, und Endō-san wachte auf.

Draußen vor dem Studio war es schon heller, als ich dachte. Die Morgensonne leuchtete am Himmel. Es war lange her, dass ich die Stadt um diese Uhrzeit erlebt hatte. Ein paar Krähen segelten anmutig über unseren Köpfen und schnappten nach einer halbdurchsichtigen Mülltüte am Boden. Wie blau der Himmel strahlte. Wie lange war es her, dass ich eine Nacht durchgemacht hatte? Die Müdigkeit saß einem so schwer in den Knochen. Ich fühlte mich, als wäre ich wieder siebzehn und hätte gerade meinen ersten Freund getroffen.

An der Bahnstation angekommen, liefen Endō-san und ich zusammen die Treppen hinunter zur U-Bahn. Als wir wieder vor der Ticketschranke standen, vor der wir uns vor fünf Stunden verabschiedet hatten, wurde ich doch ein wenig verlegen.

»Arbeitest du heute?«, fragte er.

»Ja, mit viel Glück bekomme ich noch zwei Stunden Schlaf. Und du?«

»Ich habe ein Meeting um zehn Uhr. Ich gehe nach Hause und ziehe mich um. Vielleicht schlafe ich auch kurz«, sagte er.

»Dann bis bald.« Ich zog meine Fahrkarte aus dem Portemonnaie.

»Mach's gut«, sagte er.

Würden wir uns küssen? Sollte ich noch etwas sagen? Ich zögerte. Endō-san schien es genauso zu gehen. Dann umarmten wir uns kurz und verabschiedeten uns. Ich ging zur Bahn. Ich war vollkommen aufgewühlt. Vielleicht wäre ein Kuss oder Sex doch die bessere Entscheidung gewesen als diese unbefriedigende Kompromissumarmung. Doch merkwürdig, egal, für was ich mich entschieden hätte, ich meinte zu wissen, dass ich trotzdem an genau dieser Stelle angelangt wäre.

Als ich in der Bahn saß, zog ich mein Handy aus der Tasche. Endō-san hatte sich nicht gemeldet. Ich schickte ihm eine kurze Nachricht und bedankte mich für den lustigen

Abend. Es kam sofort eine Nachricht, sie war kurz, nur eine Zeile: »Ganz meinerseits. Bis bald!«

Während ich von der Bahn in einen Dämmerschlaf geschaukelt wurde, ließ ich die letzten Stunden nochmals Revue passieren. Ich wusste weder, was ich für Endō-san empfand, noch, wie er zu mir stand. Würde ich mich in ihn verlieben? Würden wir vielleicht ein Paar werden? Ich versuchte, es mir vorzustellen. Es war lange her, dass ich über so etwas nachgedacht hatte. Ich konnte es mir nicht so recht vorstellen. War es überhaupt in Ordnung, mich wieder zu verlieben? Was würde mit meinem Mann werden? Ich war ratlos. Was ich wusste: Mein Leben war aus dem Stillstand nun wieder in Bewegung versetzt worden.

* * *

Endō-san hatte sich als Buchwunsch einen Science-Fiction-Manga von mir gewünscht. Ich entschied mich für »Mojako«, eine Geschichte über die Freundschaft zwischen einem Schuljungen und einem Alien, von dem berühmten Künstler Fujiko F. Fujio, aus dessen Feder auch der beliebte Manga »Doraemon« stammte. Ich kannte mich mit diesem Subgenre an Manga nicht besonders gut aus, fand aber von allem aus dem Œuvre des Zeichners die Weltraumabenteuer des Helden Sorao besonders gelungen. Der Manga war in einer Comiczeitschrift für Schüler erschienen, behandelte jedoch auch schwierige gesellschaftliche Themen wie Suizid, Propaganda und Religion. Ein Klassiker, der sich auch bei Erwachsenen großer Beliebtheit erfreute. Ich hoffte inbrünstig, dass Endō-san ihn noch nicht kannte. Er mochte HipHop, besonders den Rapper Uta Maru der Band Rhymster.

Dieser hatte in der Gesamtausgabe der Reihe ein Nachwort geschrieben und erwähnt, »Moja-ko« sei sein Lieblingsmanga. Perfekt. Endō-san hatte mir zwar erzählt, dass er keine Bücher mehr kaufe, sondern nur noch online unterwegs sei, doch auf meine Nachricht hin schrieb er, dass er sich die Druckausgabe des Mangas auf einem bekannten Onlineportal bestellt hatte und ihn nicht mehr habe weglegen können.

* * *

Während ich mich in meinem neuen Leben in Verabredungen mit fremden Menschen stürzte, kehrte ich einmal im Monat zurück in mein altes Leben, denn dann traf ich mich mit meinem Mann zum Essen. Ich suchte nach einer friedlichen Lösung für unsere verfahrene Situation. Wir schraken jedoch beide davor zurück, unsere Trennung offen anzusprechen. So redeten wir jedes Mal lediglich über belanglose Themen. Wir aßen hochpreisige Gerichte, obwohl es keinen Anlass für eine Feier gab, als würden wir dadurch die Stimmung kitten können. Ein normales Essen hätte uns auf den Boden der Tatsachen geholt. Machten diese Verabredungen irgendeinen Sinn? Ich wusste es nicht. Trotzdem wagte ich nicht, den entscheidenden Schritt zu tun und das, was so lastend und unübersehbar zwischen uns lag, anzusprechen. Ich wollte es so lange wie möglich hinauszögern. Also aßen wir zusammen, als wären wir alte Freunde, und verabschiedeten uns danach am Bahnhof.

Wie lange würde ich dieses Spiel durchhalten können?

Ich mochte die Person, die ich auf ThirtyMinutes war. Diese Nanako war mutig, unbeschwert und stellte sich furchtlos dem Unbekannten. Die mutlose, alte Nanako, die sich in Anwesenheit meines Ex-Mannes zeigte, konnte ich nicht mehr leiden. Die zaudernde Nanako, die ihre Arbeit kündigen wollte und es doch nicht tat, mochte ich ebenso wenig. Manchmal musste ich über mich lachen. Was tat ich da nur? War ich verrückt geworden?

* * *

Ich verabredete mich nun immer öfter mit Menschen, die mich inspirierten. Das mochte Zufall sein, vielleicht hatte ich inzwischen mehr Vertrauen in mich gewonnen. Vielleicht war ich auch besser darin geworden, interessante Menschen aufzuspüren.

Nao war eine dieser Personen. Im Kosmos von ThirtyMinutes, diesem Dschungel, in dem allerlei gefährliche und merkwürdige Tiere und Gestalten ihr Unwesen trieben, schien sie wie eine zarte Blume. Sie hatte ihre langjährige Festanstellung gekündigt und wollte sich als Fotografin selbstständig machen. Nao war aufgeschlossen, freundlich und eine gute Zuhörerin, stets positiv gestimmt, und sie arbeitete viel. Obwohl sie ein ganz anderer Typ als Sayaka war, fielen mir Gespräche mit anderen Frauen weiterhin um einiges leichter. Und so redeten auch wir bei unserem Treffen ohne Punkt und Komma.

Sie machte mich auf viele Punkte in meinem Verhalten, meinen Gedanken und Ideen und in meiner Redeweise aufmerksam, die mir nicht bewusst gewesen waren.

»Das sind deine Stärken, Nanako«, sagte sie immer wieder. Sie tat das nicht, um mir zu schmeicheln, sondern sie hatte die wunderbare Gabe, die Talente und Fähigkeiten von anderen spielend leicht wahrzunehmen. Für mich war Naos Feedback wie ein Geschenk des Himmels. Ich bewunderte sie für diese Fähigkeit. Nao war es auch, die mir erzählte, es gäbe eine Person auf ThirtyMinutes, die ich unbedingt treffen müsse. Sie heiße Yukari, sei ein Coach und biete beim ersten Treffen kostenlose Coachings an.

»Was ist denn ein Coaching?« Ich hatte noch nie davon gehört. »Ist das so eine Art Selbstfindungstechnik? Steht man da vor dem Spiegel und murmelt sich zu, wie toll man ist? Ist das nicht etwas unseriös?«

Nao lachte. »Nanako, was redest du denn da? Keine Sorge, Coaching ist kein Betrug. Man lernt sein tiefstes Inneres besser kennen.«

Auf Naos Rat hin verabredete ich mich mit Yukari-san. Wir trafen uns in einem Café in der Nähe des Westausgangs am Bahnhof Shinjuku. Als ich in das Café kam, fand ich sie im hinteren Bereich, in dem es ruhig war. Sie lächelte freundlich, bat mich, mich zu setzen, und es gelang ihr, meine Skepsis mit nur einem einzigen Satz zu zerstreuen.

Nachdem wir uns kurz vorgestellt hatten, erklärte sie mir, wie ihr Coaching funktionierte: »Coaching wird oft mit Therapie verwechselt, basiert jedoch auf einer gänzlich anderen Technik«, sagte sie. »In einer Therapie hört der Therapeut zu, hilft dabei, die eigenen Gedanken zu ordnen, und gibt Lösungsvorschläge. Beim Coaching ist man dagegen angehalten, selbst Entscheidungen zu treffen«, erklärte sie mir.

»Wie funktioniert es denn, dass man die Antwort findet, wenn man sich selbst gar nicht kennt?« Ich wollte ihre Kompetenz nicht anzweifeln. Ich verstand nur nicht, wieso man jemanden brauchte, der einen anleitete, wenn man doch anscheinend selbst die Antwort finden konnte.

»Wollen wir es einmal versuchen?«, fragte Yukari-san lächelnd. »Vorhin haben Sie schon ein wenig über sich erzählt. Was, würden Sie sagen, ist gerade eine Ihrer größten Schwierigkeiten?«

Ich dachte nach. »Mich belastet aktuell nichts wirklich. Ich weiß einfach nicht, was ich mit meinem Leben tun soll. Will ich mich von meinem Mann trennen? Oder will ich meine Ehe retten? Ich weiß es nicht. Ich überlege, mir ein Jahr Zeit zu geben, um zu einer Entscheidung zu kommen. Bei meiner Arbeit ist es dasselbe. Ich bin hin- und hergerissen, ob ich kündigen soll, geschweige denn weiß ich, was ich danach tun will.«

Mir war es unangenehm, ihr von derart belanglosen Dingen zu erzählen, die nicht mal ein wirkliches Problem waren.

»Verstehe«, sagte Yukari-san, »dann lassen Sie uns einmal Folgendes probieren, Nanako-san. Schließen Sie die Augen. Stellen Sie sich einen großen, endlosen Raum um sich herum vor. Sehen Sie es?«

Ich schloss die Augen und tat wie geheißen. Um sie nicht warten zu lassen, nickte ich.

»Gut«, sagte sie, »nun schauen Sie nach vorne. Vor sich können Sie nun in rund einem Meter Entfernung eine viereckige Kachel sehen. Gehen Sie darauf zu. Wenn Sie hineinschauen, sehen Sie Ihr Spiegelbild. Sehen Sie es?«

Wieder nickte ich. Ich sah vor meinem inneren Auge tatsächlich etwas, das aussah wie eine Kachel.

»Wie fühlt sich diese Nanako im Spiegel?«, fragte Yukari-sans sanfte Stimme. »Sagen Sie einfach, was Ihnen einfällt, egal, ob es stimmt oder nicht.«

»Ich habe Angst«, kam die Antwort aus mir.

»Wovor haben Sie Angst?«, fragte Yukari-san.

»Es ist ganz verschwommen«, erwiderte ich.

»Verschwommen, ja?«, fragte Yukari-san. »Das könnte die Ursache sein. Wir schauen uns das einmal genauer an.«

»Ich bin so verwirrt«, versuchte ich es nochmals. Nein, das war es nicht.

Die Antwort wollte einfach nicht kommen. Eine Weile versuchte ich, in die Kachel zu schauen und etwas zu erkennen.

Dann, mit einem Mal, als hätte sich ein Schalter in mir umgelegt, purzelten die Worte aus mir heraus: »Ich habe das Gefühl, dass ich alles verliere, wenn ich so weitermache. So schlimm ist die Situation auf der Arbeit auch nicht, ich habe Freunde dort, es ist ja immer noch lustig. Mit meiner Ehe ist es dasselbe«, meine Stimme zitterte nun, »ich habe das Gefühl, dass nichts mehr übrig bleibt, wenn ich mein altes Leben hinter mir lasse.«

»Ja, das kann Angst machen«, sagte Yukari-san.

»Aber so schlimm wäre es auch nicht«, meine Stimme klang trotzig. »Es ist sinnlos, sich so fest an etwas zu klammern. Das fühlt sich nicht gut an.« Heiße Tränen stiegen in mir auf, »aber ich glaube einfach nicht, dass ich eine Arbeit finde, die mir je wieder so viel Spaß machen wird, oder eine Beziehung haben werde, in der ich mich wohlfühle.« Ich begann zu weinen. »Sie verstehen nicht. Ich habe keine Freunde aus der Schule. Auf der Arbeit fühle ich mich wohl, meine Kollegen sind alle ein wenig schrullig, genau wie ich. Mit normalen Menschen verstehe ich mich nicht, das war schon immer so. Deswegen kann ich mir nicht vorstellen, zu kündigen. Wo soll ich denn hin? Meine ganze Identität ist mit Village Vanguard verschmolzen. Es hat sich alles verändert. Unvorstellbar, dass ich je wieder eine so schöne Arbeit finden werde. Aber jeden Tag spüre ich, dass ich dort nicht mehr bleiben kann.«

Nun heulte ich wirklich wie ein kleines Kind. Die Tränen wollten nicht aufhören zu laufen. Was war nur los? War ich kurz vor einem Nervenzusammenbruch? Hatte mich Yukari-san hypnotisiert? Das konnte nicht sein. Ich hatte mich einfach nur vor ein imaginäres Viereck gestellt, für eine Hypnose war das zu einfach. Wie peinlich, vor einer Fremden so die Fassung zu verlieren. Das ganze Café hatte bestimmt mitbekommen, wie ich mich aufführte.

»Entschuldigen Sie, das ist mir wirklich peinlich«, sagte ich und wischte mir die Tränen mit den Händen ab.

»Sie müssen sich nicht entschuldigen, Nanako-san«, erwiderte Yukari-san sanft. »Fahren Sie fort, wenn Sie möchten.«

Mir lag noch etwas auf der Zunge, doch ich hatte einen Schluckauf, durch die verstopfte Nase bekam ich schlecht Luft, und die Worte wollten mir nicht über die Lippen. Jedes Mal, wenn ich zum Sprechen ansetzte, kamen nur umso mehr Tränen. Yukari-san muss das gewohnt sein, dachte ich mir. Bisher hatte sie mir aufmerksam zugehört. Nichts deutete darauf hin, dass sie überrascht oder unangenehm berührt war.

Als ich mich wieder etwas beruhigt hatte, kam Yukarisans Stimme wieder aus dem Dunklen.

»Wenn Sie bereit sind, stellen Sie sich nun in fünf Metern Entfernung eine weitere Kachel vor, in derselben Farbe.

Laufen Sie auf die Kachel zu und wie gerade eben, schauen Sie hinein.«

In meiner Vorstellung lief ich auf diese Kachel zu, während ich mir innerlich gut zusprach. Was würde diese Kachel wohl bewirken?

»Hier sehen Sie sich selbst, wie Sie in einem Jahr sein werden«, erklärte mir Yukari-san. »Was sehen Sie? Wie fühlt sich das an?«

»Ich in einem Jahr«, murmelte ich. Mein Kopf war leer. Ich hatte nicht die Spur einer Ahnung. Ich nahm mir noch einen Moment, um in die Kachel zu schauen, es tat sich jedoch nichts.

Yukari-san half mir, indem sie die Fragen änderte: »Können Sie Ihre Umgebung sehen? Ist jemand bei Ihnen? Können Sie etwas hören oder sehen? Wie fühlen Sie sich im Vergleich zu eben?«

Ein Bild kam in mir hoch, doch ich schob es sofort weg. Das war unmöglich. Ich durfte einen anderen Menschen nicht zur Bedingung meines Glücks machen. Mein Glück musste seinen Ursprung in mir selbst haben, in meiner eigenen Unabhängigkeit. Alles andere war auf Sand gebaut.

»Gerade eben habe ich etwas gesehen«, sagte ich, »aber das kann nicht stimmen.« Ich zögerte.

»Es gibt keine richtige oder falsche Antwort«, sagte Yukari-san, »selbst wenn andere Leute Ihre Gedanken vielleicht missbilligen würden, das spielt hier keine Rolle. Was Sie hier sehen, ist Ihr wahres Gesicht. Lassen Sie es ruhig zu.«

Ich spürte einen starken Widerstand in mir. Yukari-san hatte die ganze Zeit geduldig auf mich gewartet, doch ich musste mir noch einen Moment Zeit lassen.

»Ich sehe viele bewundernswerte, inspirierende Menschen um mich herum«, sagte ich schließlich, »und mir geht es gut.«

Das war alles, was ich sagen wollte.

»Das klingt doch wunderbar«, sagte Yukari-san.

Ich war verblüfft. Sie hatte recht. Das war gar nicht so seltsam. Wieso hatte ich Schwierigkeiten, das auszusprechen? In meinem Kopf hatte es fürchterlich geklungen. Es war mir peinlich zuzugeben, dass ich mich im Licht der anderen sonnen wollte. Ich dachte, das sei etwas Schlechtes.

»Erzählen Sie noch etwas mehr. Was genau bewundern Sie an diesen Menschen?«, ermutigte mich Yukari-san nach einer kurzen Weile.

»Sie leben ihr Leben ungebremst, ohne sich über die Arbeit zu beklagen oder aufgeben zu wollen. Sie sind ganz frei und schauen nach vorne. Sie leben in einer Welt, die ich kennenlernen will. Sie sind gut gekleidet, sehr stilvoll, und sehen wahnsinnig gut aus. Sie tragen keine Markenklamotten, sondern einen Fashionstyle, den ich bewundere, auch wenn ich ihn nicht verstehe. Das ist es, was ich so anziehend finde.« Die Worte sprudelten wieder wie von selbst aus mir heraus. Während ich redete, spürte ich, dass ein Teil von mir vollkommen ruhig, gefasst und entschlossen war. Dabei war mir selbst nicht klar, was ich da sagte – was sollte dieser Fashionstyle sein, und wie kam ich darauf? –, doch genau das schienen meine Wünsche zu sein. Anscheinend wollte ich mit gut gekleideten Menschen befreundet sein.

»Das ist eine sehr schöne Vision«, sagte Yukari-san, als ich fertig war. »Nun die letzte Frage, Nanako-san. Warum fühlen Sie sich in der Umgebung dieser Menschen so wohl?«

Das war eine sehr einfache Frage, aber sie traf mich tief. Ich spürte erneut Tränen in mir hochsteigen.

»Dass ich es wert bin, mit solchen Menschen zusammen zu sein«, meine Stimme brach, »im Gegensatz zu jetzt, wie ich jetzt bin.«

Etwas übermannte mich, und ich begann fürchterlich zu weinen.

Wenn ich darüber nachdenke, war es mir schon immer schwergefallen, mich anderen Menschen zu öffnen. Ich tat so, als wäre alles in Ordnung, um anderen zu beweisen, dass ich mein Leben im Griff hatte. Tief in mir war ich der Überzeugung, dass ich anderen Menschen nur Schwierigkeiten bereitete, wenn ich ihnen mein wahres Gesicht zeigte. In mir war eine Mauer, durch die nichts hindurchkam außer: Mir geht es gut, alles ist gut, alles ist in Ordnung.

Ich hatte es anscheinend so oft wiederholt, dass ich mich selbst davon überzeugt hatte.

Yukari-san wartete geduldig, bis ich mich wieder gefangen hatte, und wir beendeten das Coaching. Um meine Verlegenheit zu überspielen, fragte ich sie nach ihrer Arbeit, und wir redeten über Belangloses. Kurz vor dem Bahnhof wandte sich Yukari-san plötzlich an mich.

»Ich habe gleich noch ein Online-Coaching zu Hause.«

»Ist das auch Teil Ihrer Arbeit?«, fragte ich sie.

»Dieser Klient ist schon eine Weile bei mir. Ich nehme für drei Sitzungen vierzigtausend Yen.«

Ganz schön teuer, dachte ich bei mir. Doch die Wirkung hatte ich heute am eigenen Leib erfahren.

»Warum bieten Sie denn Ihr Coaching beim ersten Mal kostenlos an?«, fragte ich sie. »Unterscheidet sich Ihre Methode, je nachdem, ob Sie dafür Geld nehmen oder nicht?«

Sie verneinte.

Ich versuchte, ihre Beweggründe zu verstehen. »Entschuldigen Sie, wenn ich so direkt frage, benutzen Sie dann die kostenlosen Sessions als Werbung für Ihr Business?«

Yukari-san dachte nach und sagte dann: »Natürlich freut es mich, wenn jemand nach dem ersten Coaching mit mir zusammenarbeiten möchte. Doch die kostenlosen Erstgespräche biete ich vor allem an, weil es mir Freude bereitet. Für mich macht es keinen Unterschied, ob ich dafür Geld bekomme.«

Ich hatte noch nie jemanden mit dieser Einstellung getroffen, ihre Haltung beeindruckte mich. Ich sollte erst später verstehen, was sie damit wirklich meinte.

Zu Hause grübelte ich lange über Yukari-sans Worte nach. Jeder Mensch stand vor der Frage, wie er Arbeit, Geldverdienen und die eigenen Neigungen unter einen Hut bekam. Jeder Mensch fand darauf eine andere Antwort und eine entsprechende Lebenseinstellung.

Die Ansicht, man müsse sozusagen sein Hobby zu Geld machen und darauf einzahlen, begegnete mir seit meiner Zeit auf ThirtyMinutes immer öfter. Viele Leute versuchten, solange sie noch nicht etabliert genug waren, sich durch kostenlose Angebote eine Reputation aufzubauen, und hofften, dass man sie weiterempfahl. Manche Leute sahen darin auch eine Möglichkeit, ihre Fertigkeiten und Skills weiterzuentwickeln. Andere wie Yukari-san waren mit ihrem Leben zufrieden, liebten aber ihre Arbeit so sehr, dass sie dafür mitunter kein Geld nahmen. Sie schien ihre Berufung gefunden zu haben. Ich sah es kritisch, wenn sich Leute keine Gedanken um ein funktionierendes Business oder ihr Einkommen machten. Doch ich bewunderte Yukari-san für ihre Lebenseinstellung.

Was war wohl meine Berufung? War Village Vanguard ein Teil davon? Oder war es nicht vielmehr der Buchladen an sich? Vielleicht war meine Motivation gar nicht so besonders. Vielleicht wollte ich mich nur zu etwas zugehörig fühlen, da ich dieses Gefühl bis dahin nie erfahren hatte.

Nein. Das stimmte auch nicht. Diese Art von Selbstfixierung hatte ich bereits in meinen Teenagerjahren hinter mir gelassen. Ich wollte anderen helfen. So wie Yukari-san.

Ich schrieb Yukari-san folgende Nachricht:

»Ich danke Ihnen für das Coaching gestern. Bitte entschuldigen Sie, dass ich die Fassung verloren habe. Mir ist einiges klar geworden. Ihre Einstellung zur Arbeit hat mich sehr beeindruckt, und Sie haben mich inspiriert, es Ihnen gleichzutun.

Ich möchten Ihnen heute als Dank das Buch ›Was hast du heute gegessen?‹ der Schriftstellerin Hiromi Itō und der Gourmetkritikerin und Köchin Nahomi Edamoto empfehlen. Das Buch ist ein Briefwechsel, in dem sich die beiden vierzigjährigen Frauen über ihre Arbeit, ihre Familie und Kinder und ihre Ehen austauschen. Im Buch sitzen sie oft mitten in der Nacht am Küchentisch, schreiben sich ihre Erlebnisse des Tages und schicken es der anderen per Fax. Ich habe dieses Buch als Zwanzigjährige gelesen und war überrascht, dass auch Erwachsene es immer noch so schwer haben. Inzwischen denke ich mir, dass dies die richtige Einstellung ist: sich voll und ganz dem Leben hinzugeben, selbst wenn man darunter leidet, gemeinsam mit guten Freunden zu lachen und zu weinen und das Leben zu leben.

Dieses Buch erinnerte mich an Ihre Stärke, Yukari-san, und an Ihre Großzügigkeit. Hoffentlich erinnert es auch Sie daran, wie schön es ist, am Leben zu sein. Ich hoffe, das Buch und was sich darin zwischen den beiden Autorinnen ereignet, erinnert Sie auch daran, wie schön der Alltag ist. Was braucht man mehr als eine gute Idee fürs Abendessen und das passende Rezept? Ich hoffe, es gefällt Ihnen.«

Ich verschickte die Nachricht und lächelte.

4

Alle sind wir Abenteurer

Unbemerkt veränderte sich etwas in mir. Nun, da ich auf ThirtyMinutes war, bewegte ich mich lieber in der Welt da draußen, vor der ich mit meiner Arbeit bei Village Vanguard einst geflohen war. Die Treffen mit Unbekannten beflügelten mich. Vor der Arbeit hingegen schauderte es mir. Da waren die neuen, profitorientierten Anweisungen der Geschäftsleitung, die wir Mitarbeiter einzuhalten hatten. Die Aushilfen, die sich über alles beschwerten. Wir alten Mitarbeiter hatten aufgehört, etwas verändern zu wollen. Die knappen Gespräche mit meinen Kollegen, unsere eisigen Mienen, zeugten von unserer Kapitulation. Das ging schon eine Weile so. Bisher hatte mich meine Loyalität zu Village Vanguard davon abgehalten, eine Kündigung ernsthaft in Betracht zu ziehen. Es war scheinbar undenkbar, dass ich je bei einer anderen Arbeit so viel Freude verspüren könnte wie hier.

Doch nun kam eine neue Nanako zum Vorschein. Sie wurde Stück für Stück durch die neuen Erfahrungen frei gehauen. Durch mein Schweigen auf Endō-sans unschuldige Frage, was ich gerne anstelle meiner jetzigen Arbeit machen wolle. Durch das Coaching von Yukari-san und meinen Zusammenbruch. Durch die unzähligen Buchempfehlungen, die hoffentlich ihren Adressaten Vergnügen bereiteten. Durch die Freude, mit einem verschmitzten Lächeln einer neuen Bekanntschaft eine Nachricht zu schicken, überzeugt, einen Volltreffer gelandet zu haben.

Noch verstand ich nicht, warum es mir unmöglich erschien, Village Vanguard zu verlassen, obwohl ich dort unglücklich war. Ich wusste nur, dass ich diesen nächsten Schritt gehen musste. Nur so würde die Zukunft, auf die ich mit Yukari-san einen ersten Blick geworfen hatte, Wirklichkeit werden.

Wie würde sie aussehen? Das Bild in mir blieb verschwommen. Noch war ich wie erstarrt vor dem letzten Schritt.

Ich ertappte mich immer wieder bei Tagträumen. Wenn es doch nur eine Möglichkeit gäbe, mit meinen Buchempfehlungen Geld zu verdienen …

Noch hatte ich keine Ahnung, wie es weitergehen sollte. Ich wusste nur, dass ich noch mehr Menschen treffen wollte und noch mehr und noch mehr. Ich war süchtig nach diesem Nervenkitzel. Kein Tag verging, ohne dass ich ein Treffen plante, eine neue Bekanntschaft machte, eine Buchempfehlung schrieb.

Durch ThirtyMinutes verbrachte ich meine freie Zeit nicht mehr zu Hause. Nahte das Wochenende, suchte ich mir ein vielversprechend klingendes Treffen heraus. Fand ich in Yokohama niemanden, erweiterte ich meinen Suchradius auf Shibuya oder Shinjuku oder postete selbst einen talk. Wenn ich das Haus verließ, hatte ich immer eine Verabredung in meinem Terminkalender.

Es muss meine siebte Verabredung gewesen sein, als ich Maeno-san traf. Er war Medizinstudent und haderte mit der Entscheidung, die traditionelle Laufbahn eines Arztes einzuschlagen.

Auf den ersten Blick war ich etwas eingeschüchtert von ihm, Medizin hatte für mich etwas Elitäres, doch er überraschte mich.

»Die Medizin ist ein sehr konservativer und hermetischer Fachbereich. Gut möglich, dass ich in der Forschung bleibe, doch der Gedanke widerstrebt mir«, begann er zu erzählen. »Ein alter Schulfreund meinte immer, dass er in Afrika eine Schule aufbauen wolle. Ich beneidete ihn um seinen Mut.« Er lächelte kurz. »Dabei ist es so einfach. Ich kann es ihm gleichtun. Ich habe daher beschlossen, eine Weltreise zu machen, solange ich noch studiere. Ich verschlinge momentan jeden Blog zu dem Thema.«

Ich lauschte gebannt. Seine Vision faszinierte mich.

»Vor Kurzem war ich auf dem Vortrag eines Weltreisenden. Er hat mir einen Geldschein aus Sambia geschenkt. Da kam mir plötzlich eine Idee.«

»Und was für eine Idee?«, hakte ich nach.

Maeno-san fuhr fort: »Erinnern Sie sich an die Geschichte über den Mönch, der durch eine Reihe von Tauschgeschäften zum Millionär wird? Das will ich mit dem Schein aus Sambia versuchen, bis ich ein Flugticket habe. Dann kann mich nichts mehr aufhalten.«

»Wow!«, sagte ich beeindruckt. Ich war noch nie jemandem begegnet, der wie ich ein aberwitziges Herzensprojekt zu realisieren versuchte.

»Ich mache etwas Ähnliches«, sagte ich, »ich nutze Thirty-Minutes, um mich in meiner selbst erfundenen Zen-Praxis zu üben: anderen Menschen das perfekte Buch zu empfehlen.«

»Genau, genau, das ist es«, sagte Maeno-san. »Natürlich könnte ich neben der Uni jobben und mir ein Flugticket kaufen. Aber wozu, wenn es doch viel interessantere Wege gibt.«

»Genau«, ich nickte eifrig. »Und was ist aus Ihrem Geldschein geworden?«

»Ich habe ihn zuerst gegen einen Korkenzieher eingetauscht, dann gegen einen kleinen Regenschirm, einen Toaster, eine Digitalkamera, und jetzt habe ich einen Koffer.«

Ich musste lachen. »Herrlich. Es fehlt Ihnen nicht mehr viel zum Millionärsmönch!«

Ich hatte auch Lust bekommen, etwas mit ihm zu tauschen. Ich kramte ein wenig in meiner Handtasche, aber ich fand nichts, was ihm weiterhelfen würde.

»Ab jetzt wird es kniffelig«, sagte Maeno-san. »In jedem Spiel gibt es einen Punkt, an dem man auf eine unüberwindbare Hürde stößt. Die Frage ist, wie man sie meistert.«

»Welcher Tausch würde Sie wohl weiterbringen?« Ich überlegte mit ihm zusammen. »Vielleicht sollten Sie den Koffer gegen hundert Schlüsselanhänger eintauschen, die könnte man weiterverschenken und so die Tauschkette potenzieren …« Ich hielt inne. »Vergessen Sie den Gedanken. Schlüsselanhänger sind nutzlos.«

»Keine schlechte Idee, die Tauschkette in kleinere Teile aufzubrechen.« Vergnügt spannen wir die Geschichte seiner Tauschwette weiter. Im Verlauf unserer Unterhaltung fragte ich Maeno-san nach seinen Lieblingsbüchern. Er nannte zwei Bücher, »Midnight Express« und »In die Wildnis«, die sein Fernweh weckten, egal, wie oft er sie las.

Ein Kinderspiel, sofort hatte ich das passende Buch parat: »Unterwegs« von Jack Kerouac. Eine Geschichte über zwei Freunde, die sich in eine Abenteuerreise mit Sex, Drogen und Jazz stürzen. Der Roman war schon etwas in die Jahre gekommen, doch noch immer von den Fans hochverehrt. Es war die perfekte Lektüre für seine Reise durch die USA. Gab es einen besseren Roman für jemanden, der alle Konventionen sprengen wollte?

* * *

Eine andere Bekanntschaft, die mich auf meinem Weg mit neuen Ideen bereicherte, war Maki-san, er hatte früher bei einem Fremdsprachenverlag gearbeitet. Nun war er Englischlehrer an einer Nachhilfeschule und darüber hinaus Ghostwriter für Sprachlehrbücher. Ich hatte nicht gewusst, dass jemand anders außer Prominenten und Stars tatsächlich Ghostwriter beschäftigte.

Maki-san lachte über meine Bemerkung.

»Natürlich. Je erfolgreicher der Autor, desto wahrscheinlicher, dass ein Ghostwriter im Hintergrund agiert. Mein aktueller Klient hat jedoch ziemlich viele Ansprüche«, sagte er. »Ich bin froh, wenn ich diesen Auftrag hinter mir habe. Mein Traum ist es, ein eigenes Buch zu schreiben.«

»Sie meinen ein Englischlehrbuch?«, fragte ich ihn.

Er bejahte und wollte wissen, ob ich den TOEIC-Test kannte.

»Ja«, sagte ich. »Ein Sprachtest für Englisch ist mir bisher zum Glück erspart geblieben.«

Seine Antwort überraschte mich.

»Ich liebe die TOEIC-Prüfungen!«

Ich schaute fassungslos in sein fröhliches Gesicht.

Aus diesem Grund war ich so begeistert von ThirtyMinutes: Die Begegnungen ähnelten einem Glücksrad, nie wusste ich, auf wen ich dieses Mal treffen würde. Heute war es ein Prüfungsjunkie.

»Meinen Sie das ernst?«, fragte ich Maki-san. »Sie machen diese Tests zum Spaß? Das habe ich noch nie gehört.«

Maki-san schmunzelte wissend, als wäre er allein in ein Geheimnis eingeweiht. »Wir nennen uns TOEICer. Es gibt ziemlich viele von uns. Ich zum Beispiel absolviere den Test seit fünf Jahren, wann immer ich kann. Ich lebe für die Höchstpunktzahl, die Tausend, diese magische Zahl, die Perfektion«, schwärmte er.

»Und wie oft erreichen Sie Ihr Ziel, die volle Punktzahl?«, fragte ich ihn staunend. »Ich habe gehört, für die Arbeit reichen schon siebenhundert Punkte und man wird mit Kusshand genommen.«

Maki-san verneinte, immer noch dieses Schmunzeln im Gesicht. »So einfach ist das nicht. Mir gelingt es auch nur in einem von zwei Fällen. Neunhundertsiebzig Punkte schaffe ich problemlos, aber die Tausend, das ist schwierig. Wie beim Bergsteigen ist dieser Gipfel schwer zu erklimmen. Doch gerade die Herausforderung reizt mich.« Sein Enthusiasmus war ansteckend.

»Ist für Ihre Arbeit eine niedrigere Punktzahl nicht bereits mehr als ausreichend?«, fragte ich.

»Aber sicher, doch infolge meiner TOEIC-Leidenschaft möchte ich unbedingt jedes Mal den Jackpot knacken. Das ist wie das höchste Level in einem Videospiel, der Fight gegen den Endgegner.«

Dann erzählte er mir, dass er für sein hehres Ziel jeden

Tag zwei Stunden Zeit investiere. Das sei auch gut für seine Arbeit. »Man lernt nie aus«, kommentierte er.

Der Austausch mit Menschen, die so eisern entschlossen waren wie Maki-san, inspirierte mich jedes Mal aufs Neue. Dabei hatte er mir lediglich erzählt, was er gerne tat, doch dem wohnte so eine Kraft inne, dass allein ihm zuzuhören mich in eine angenehme Gespanntheit versetzte.

Ich fragte ihn, was ich tun könne, um mein Englisch zu verbessern. Ich lernte nämlich ganz und gar nicht gerne.

Maki-san sagte mir, dass es vielen Menschen so ging. Er empfahl mir, das Lernen zu einer Routine zu machen. Er verglich es mit dem Zähneputzen. »Sie fragen sich ja auch nicht jeden Tag, ob Sie heute Ihre Zähne putzen oder es sein lassen. Genauso ist es auch mit dem Lernen«, sagte er. »Leider scheitern die meisten gerade daran.«

Das klang einleuchtend, trotzdem war ich mir ziemlich sicher, dass auch ich an dieser Hürde scheitern würde. Ich sagte ihm das.

»Sie lesen gerne, oder, Nanako-san?«, erwiderte er. »Was meinen Sie, wie es Ihnen gelungen ist, Hunderte von Büchern zu lesen? Weil Sie es unbedingt wollten, habe ich recht?«

Das stimmte. Doch Englischlernen konnte man doch nicht mit Büchern vergleichen! Das eine war Tortur, das andere ein freudvolles Vergnügen.

»Mir geht es mit dem TOEIC genauso wie Ihnen mit der Literatur«, erwiderte Maki-san.

Es war, als könne sich etwas von seinem leuchtenden Eifer auf mich übertragen. Wie gerne ich auch so sein wollte! Menschen, die ihre wahre Berufung gefunden hatten, konnte wohl nichts aufhalten.

Wir fanden heraus, dass wir im selben Jahr geboren waren. Maki-san scherzte, wir würden gerade in der Blüte unserer Jugend stehen. »Erwachsene sind die besseren Pubertierenden«, meinte er und brachte mich zum Lachen. Wir waren uns sympathisch, das spürten wir beide. Ich schwor, mir an seiner Zielstrebigkeit ein Beispiel zu nehmen und mehr zu wagen.

Die Wahl meiner Leseempfehlung fiel bei Maki-san auf »Das kleine Essay-Buch für Erwachsene«, von Zūnī Yamada. Die Autorin hatte ihre Korrespondenz mit den Lesern in einem kleinen Band veröffentlicht. All die großen Lebensfragen, sei es zur Arbeit, zu den großen Träumen zum Umgang mit anderen, fanden hier Platz. Das Buch gab Rat, manchmal einfühlsam, manchmal direkt, wie die Leser ihre ganz persönlichen Antworten auf diese Fragen finden konnten. In diesem Buch würde auch er sicherlich noch einige Inspiration für seine nächste Gipfelbesteigung finden, vielleicht sogar Anregungen, um seinen Nachhilfeschülern mit allen ihren Sorgen und Nöten ein guter Ratgeber und ein Vorbild zu sein.

Es gab nichts Schöneres, als Menschen zu begegnen, die man unter normalen Umständen niemals kennengelernt hätte, und ihre kuriosen, lustigen, manchmal tragischen, manchmal unglaublichen Geschichten zu hören. Die Ungewissheit meiner beruflichen Zukunft quälte mich. Die intensiven Gespräche mit den Fremden legten Stück für Stück die Antwort frei, die in mir verborgen lag.

Auf ThirtyMinutes tummelten sich vor allem Leute aus der Tech-Branche sowie Unternehmensgründer und Freiberufler. Ich war darunter ein Kuriosum. Eine angestellte

Buchhändlerin, wie ungewöhnlich!, war eine häufige Reaktion der anderen Nutzer. Dabei war es vor gar nicht so langer Zeit noch undenkbar, dass jemand meine Arbeit in einem Buchladen besonders gefunden hätte. Inzwischen ging es mir jedoch ähnlich, wenn ich auf ThirtyMinutes einen Büroangestellten traf. Einen fragte ich einmal ganz unverblümt, weshalb er auf ThirtyMinutes sei. Worauf er verkniffen antwortete, sind Sie doch auch.

Oft schienen zwischen der Person, die man online traf, und dem echten Menschen Welten zu liegen. Ein gutes Image war in diesem Onlineuniversum alles, besonders unter den Unternehmensgründern. Ich dagegen suchte für meine Buch-Exerzitien keine Selbstdarsteller, sondern echte Menschen aus Fleisch und Blut.

Das beste Beispiel für diese Lücke, die zwischen dem Image online und dem Menschen dahinter klaffen konnte, war Taguchi-san, ein Student. Auf seinem ThirtyMinutes-Profil wirkte er auf den ersten Blick wie ein lässiger Draufgänger. Er wollte noch während der Unizeit seine eigene Firma gründen und suchte Leute, mit denen er sich austauschen konnte. Für unsere Verabredung wählte er ein etwas gehobenes Restaurant aus.

Der Mensch, den ich dann tatsächlich traf, hatte nichts mit seiner Online-Persona gemein. Ich hatte mich verspätet und wurde mit einer Neunzig-Grad-Verbeugung begrüßt, als wären wir bei einem Geschäftsessen. Taguchi-san war ungemein höflich und ernsthaft. Wir stellten uns vor und bestellten das Essen.

Ich fragte ihn, warum er sich so ungewöhnlich korrekt verhielt. Das überraschte ihn.

Ob das komisch wirke, fragte er.

»Diese steife Höflichkeit passt nicht so recht zu unserem Treffen«, erklärte ich ihm.

Taguchi-san meinte, er tue das immer. Schließlich könne man nie wissen, wem man begegne. »Ich baue gerade mein Business auf. Jeden, den ich treffe, betrachte ich als potenziellen Geschäftspartner.« Aus diesem Grund verabrede er sich auch mit anderen Nutzern in diesem schicken Restaurant und nicht in einer billigen Coffee-Shop-Kette.

»Falls Sie eine Aushilfe suchen, denken Sie ja nicht sofort an den Hundert-Yen-Limo schlürfenden Studenten, den Sie in einem billigen Fast-Food-Laden getroffen haben.«

Ich wollte ihn beruhigen und sagen, dass ich meine Aushilfen nicht basierend auf ihrem Konsumverhalten auswählte. Doch wer weiß, vielleicht waren das die ungeschriebenen Spielregeln seiner Branche. Ich ließ das Thema fallen.

Ich erschrak, als er mir erzählte, dass er unter Schlafmangel litt, weil er jeden Morgen um fünf Uhr in einem Supermarkt Gemüse abpackte. Er tat das, damit er sich das teure Restaurant leisten konnte, obwohl er jeden Tag morgens Vorlesungen hatte.

»Aber ich will Sie nicht langweilen«, sagte er, als er mein besorgtes Gesicht sah. »Armut ist kein besonders reizvolles Thema, lieber erzähle ich Ihnen von meinem Unternehmen.«

»Diese Seite an Ihnen interessiert mich persönlich viel mehr«, sagte ich ihm.

Ich wollte Taguchi-san helfen. Er schien irgendwie schon gefunden zu haben, was mir noch fehlte.

Schließlich wusste niemand, ob ein Wagnis sich auszahlte, aber der Versuch war nie umsonst. ThirtyMinutes war ein großes Experimentierfeld, auf dem man seine Träume ausprobieren konnte. Wie Taguchi-san, wie alle anderen, verspürte ich den Wunsch, mich zu verändern.

Wie weit ich mich nun schon von der »sexy Buchhändlerin« entfernt hatte …

Keiya Mizunos Beziehungsratgeber »Entdecken Sie das Biest in sich. Beziehungstipps aus Disneys ›Die Schöne und das Biest‹« wurde mein Gewinnerbuch für Taguchi-san. Mizuno war ein großartiger und humorvoller Autor, der ernste Themen luftig-leicht verpacken konnte. Taguchi-sans Charakter schimmerte in diesem Buch auf. Ich hoffte, mein persönliches Geschenk in Form einer Empfehlung würde ihn weiterbringen.

* * *

Kurze Zeit später traf ich Ami. Sie war eine zarte, junge Frau mit schönen langen Beinen, die für Röcke und kurze Hosen wie gemacht schienen. Sie redete etwas affektiert und schien nicht besonders gefestigt. Unter ihrem attraktiven Äußeren verbarg sich eine Dunkelheit. Bestürzt sah ich, dass ihre Handgelenke von Narben gezeichnet waren.

Sie erzählte mir, sie lebe momentan von Sozialhilfe. Sie war vor ihrem gewalttätigen Freund geflohen und längere Zeit bei einer Freundin untergekrochen. Seit drei Monaten war sie jedoch wohnungslos. Ihren Ex-Freund hatte sie auf ihrer alten Arbeitsstelle, einer Bar, kennengelernt. Er war der Inhaber gewesen.

»Ich habe alles verloren«, sagte sie mit dieser Unbesorgtheit, die Menschen wie ihr, die auf Hilfe angewiesen waren, oft zu eigen ist.

Sie hatte Angst, dass ihr Ex-Freund sie ausfindig machen könne, aus diesem Grund mied sie den Kontakt mit ihren alten Kollegen und achtete online immer darauf, dass nicht erkennbar war, wo sie sich befand. Ihre Ersparnisse hatte ihr Ex-Freund unter dem Vorwand, sie für ihre Hochzeit aufzubewahren, an sich genommen. Als sie ihn verließ, war das Geld verloren.

»Bei meiner Freundin konnte ich nicht ewig bleiben. Das Verhältnis zu meiner Familie ist sehr schlecht«, erzählte sie mir. »Es gab niemanden, den ich um Hilfe bitten konnte. Ich war kurz davor, auf den Strich zu gehen. Zum Glück habe ich ThirtyMinutes entdeckt. Dort finde ich immer wieder Frauen, die mir anbieten, für ein paar Tage bei ihnen zu übernachten. Keine von ihnen hat Angst vor Fremden, sie sind alle so offen und herzlich. Ich weiß nicht, wie ich ihnen danken soll. Ich wusste wirklich nicht mehr weiter. Hätte ich zu einem Kredithai gehen sollen? Das Geld hätte ich niemals mit einem normalen Nebenjob zurückzahlen können.« Ami unterbrach sich, um durchzuatmen. »Zum Glück hat mir Chieko-san, die ich von ThirtyMinutes kenne, erzählt, dass mir staatliche Unterstützung zusteht. Jetzt bin ich in einer Ausbildung zur Altenpflegerin und kann so lange in einem Wohnheim leben. Stell dir vor, ich habe ein eigenes Zimmer!«

Ich hatte nicht gewusst, dass das Sozialamt einem auch bei der Arbeitsvermittlung und der Wohnungssuche helfen konnte.

»Warum sagt einem das keiner?«, fragte Ami, als ich ihr das gestand. »Es ist reiner Zufall, dass ich nicht in der Prostitution gelandet bin.«

Sie blühte während unseres Gesprächs auf und ließ ihre

affektierte Art zu sprechen irgendwann sein. Ihre Situation war mit meiner nicht zu vergleichen, doch ich verstand, dass sie nicht bemitleidet werden wollte. Trotz ihrer schwierigen Lage wollte sie anderen Menschen auf Augenhöhe begegnen. Gut möglich, dass die Plattform ThirtyMinutes Menschen wie ihr die Freiheit gab, all die unliebsamen gesellschaftlichen Normen zu ignorieren.

Ich freute mich besonders, ein Buch für Ami auszuwählen. Als ich sie fragte, was sie gerne las, meinte sie in ihrer unvergleichlichen Art: »Bitte etwas, das mir das Herz langsam auseinanderreißt.«

Meine Wahl fiel daher auf »Die Unvergessenen« vom Mangazeichner George Akiyama. Nach dem Lesen hatte mich die Handlung noch ein paar Tage verfolgt. Der Manga handelt von einer sexbesessenen Hauptfigur, die ihren inneren Kompass verloren hat. Je mehr die Figuren in der Geschichte versuchen, glücklich zu werden, desto mehr geraten sie ins Verderben. Man litt mit ihnen mit, denn man verstand die Beweggründe ihres Handelns nur zu gut, sie waren zutiefst menschlich in ihrem Leiden. Auf eine Art war der tiefgründige Manga auch eine Hymne auf das Leben. Nur Leser, die in die tiefsten Abgründe geschaut hatten, würden das verstehen und Trost finden. Ami-chan würde sich vielleicht darin wiedererkennen und zumindest ein wenig ihre schlimmen Erfahrungen verarbeiten können.

Die Leute, die ich auf ThirtyMinutes kennenlernte, schienen alle rastlos und auf einer nur ihnen bekannten Suche zu sein. Zufriedene Menschen, die mitten im Leben standen, Menschen mit einer guten Arbeit, einer glücklichen Familie oder einer stabilen Beziehung fand man hier nicht. Die Leute auf ThirtyMinutes waren irgendwie alle an einem

Wendepunkt ihres Lebens angekommen. Sie hatten ihren Job gekündigt, dachten darüber nach, sich selbstständig zu machen, oder strebten eine neue Karriere an. Tief in sich spürten sie eine Unzufriedenheit und wollten diesem Gefühl nachgehen. Da wir alle instinktiv erkannten, dass wir Gleichgesinnten gegenübersaßen, zeigten wir einander unsere Verletzungen, um uns zumindest für die Dauer einer halben Stunde im Geiste zu wärmen und aneinanderzuschmiegen.

Wer weiß, vielleicht passierte das auch überall sonst auf der Welt, dort, wo Menschen sich begegneten.

Auch Ami-chan und ich erzählten uns eine Kurzversion unserer verworrenen Lebenswege. Es faszinierte mich, für diese kurze Zeit in das Leben meines Gegenübers einzutauchen, als würde ich ohne Sauerstoff oder Taucherbrille in einen See hinabtauchen, am Grunde des Sees meinem Gegenüber begegnen, wir schüttelten uns kurz die Hände und tauchten dann wieder auf.

Danach leuchtete die Welt stets in einem magischen Licht.

* * *

Eine meiner wichtigsten Bekanntschaften sollte Esaki-san werden. Er arbeitete als Programmierer in einem Co-Working-Space in Yokohama. Ich hatte schon von Co-Working-Spaces gehört, konnte mir jedoch nicht so recht etwas darunter vorstellen. Bei unserem ersten Treffen fragte mich Esaki-san, ob ich Interesse an Gesellschaftsspielen habe. Er treffe sich mit einer Gruppe von Freunden regelmäßig für ein Spiel namens »Werwolf«.

Ich fragte ihn neugierig, ob er mir mehr erzählen wolle.

»Ich lade Sie gerne ein, wenn unsere Gruppe sich das nächste Mal trifft. Dann können Sie es sich selbst ansehen«, war seine Antwort. »Keine Sorge, niemand wird Sie beißen.«

Ich musste lachen.

Ein paar Tage später schrieb er mir tatsächlich und lud mich zu der Spielrunde ein. Ich machte mich auf den Weg zu diesem rätselhaften Co-Working-Büro, »T« hieß es, das zehn Minuten vom Bahnhof Yokohama entfernt lag.

Als ich ankam, stellte mich Esaki-san allen mit den Worten vor: »Das ist Nanako, wir kennen uns von ThirtyMinutes.« Es überraschte mich, dass er das erwähnte.

»Nanako ist ziemlich beliebt«, sagte Esaki-san. »Wenn ihr nett zu ihr seid, wird sie euch vielleicht einen Buchtipp geben. Sie ist nämlich Buchhändlerin.«

Seine sympathische Art der Vorstellung freute mich. Was mich noch mehr überraschte, war, dass alle Anwesenden ThirtyMinutes kannten.

Einer von Esaki-sans Freunden meinte im Laufe des Nachmittags zu mir: »Klingt spannend, was Sie machen. Ich bin schon eine Weile auf ThirtyMinutes, aber nie aktiv.« Ein anderer sagte mir, dass er sich gerne mit mir treffen wolle, er wolle unbedingt einen Lesetipp haben.

Sie nahmen meine kleine Zen-Übung an, als sei es das Normalste auf der Welt. Dabei hatte ich bis jetzt nicht einmal meinen engsten Kollegen von Village Vanguard davon erzählt, aus Angst, sie könnten mich für übergeschnappt halten. In der Blase, in der ich gelandet war, schien meine kleine Mission gar nichts Besonderes zu sein. Vielleicht lag es an dem Co-Working-Space, vielleicht, weil alle in der Tech-

Branche arbeiteten, allein dies beides war im Vergleich zum normalen Arbeitsleben enorm unkonventionell.

Wir begannen unsere Spielrunde, und alle gaben sich Mühe, mir die Regeln zu erklären. Ich hatte einen Riesenspaß. Nach diesem Abend begann ich immer öfter, im »T« vorbeizuschauen. Ich schien auf einem fremden Planeten gelandet zu sein. Jeder, wirklich jeder besaß einen dieser dünnen, silbernen Laptops und arbeitete an seinen aktuellen Projekten, wie sie es nannten. Man erzählte mir mit einer Selbstverständlichkeit, als wären sie bei Ikea gewesen, dass sie diese und jene angesagte App entwickelt und programmiert hätten. Als gäbe es nichts Einfacheres als das.

Ich bekam jedoch auch Einblicke in die Schattenseiten der neuen Gig-Economy. Ich hatte gedacht, dass all die coolen, lässigen Laptop-Hipster und Tech-Freelancer den ganzen Tag in Cafés ihre Flat Whites schlürften, schließlich arbeiteten sie im Gegenteil zu mir in einer der profitabelsten und angesagtesten Branchen weltweit.

Doch in Wirklichkeit waren unter den T-Leuten viele Quereinsteiger, die nur schwer einen Fuß in die Branche bekamen, geschweige denn ein geregeltes Einkommen erzielten. Einer von Esaki-sans Bekannten erzählte mir, dass sich die Programmiersprachen innerhalb weniger Jahre rasant änderten und die eigenen Qualifikationen schnell überholt waren. Wenn man sich nicht ständig weiterqualifizierte, wurde man ersetzt durch die jüngere Generation, die zudem noch dynamischer im Denken war.

Ein anderer berichtete, einmal habe er einen lukrativen Auftrag für die Entwicklung eines Games erhalten. Das Honorar klang zunächst vielversprechend, doch in Relation zum Entwicklungszeitraum des Games schrumpfte es rasant zusammen. Früher hätten Leute wie sie in einer der großen etablierten Gaming-Unternehmen gearbeitet, was sicherstellte, dass sie auch den nächsten Auftrag an Land zogen. Doch als Selbstständiger war es keineswegs mehr garantiert, dass man einen Folgeauftrag bekam, denn das Interesse für ein Spiel schwand rasend schnell. App-basierte Games wurden immer erfolgreicher und beliebter, das brachte den anonymen Entwicklern Geld. Doch selbst dann konnte es sein, dass sich ein finanzstarker Geldgeber einmischte und ihnen den Auftrag vor der Nase wegschnappte.

Was am Ende von meinem Bild der coolen, freien Laptop-Klasse übrig blieb, war allein meine Bewunderung dafür, dass sie selbst am Steuer ihres Lebens saßen.

Durch meine Treffen mit Esaki-san und den Leuten vom Co-Working-Space vergrößerte sich mein Bekannten- und Freundeskreis schlagartig. Das Werwolf-Spiel benötigte mindestens zehn Mitspieler, daher wurden alle und jeder zu den Spielrunden eingeladen, Freunde von Freunden, Bekannte von ThirtyMinutes, selbst flüchtige Bekanntschaften. Etwas Besseres hätte mir nicht passieren können. Ich wollte unterwegs sein, neue Leute kennenlernen, die Welt entdecken. Hier war die Gelegenheit, und der Schneeball rollte. Sobald jemand in der Runde merkte, dass ich allein unterwegs war, luden sie mich zu Barabenden, ins Theater, zu Konzerten oder anderen Veranstaltungen ein. Die Leute, die ich dort traf, machten mich wiederum auf weitere Events aufmerksam, auf Infoabende und Partys. Oft war ich mit einer Gruppe von Leuten unterwegs und kannte weder ihre Namen noch, wo oder was sie arbeiteten.

Wenn ich an einem neuen Ort war und niemanden kannte, tat ich Folgendes: Ich ging auf sympathisch wirkende Personen zu oder wartete, dass mich jemand ansprach. Oft war es am Ende der VIP des Abends, der mich mit in das Gespräch holte.

Zu Beginn fremdelte ich noch ein wenig, doch wie bei ThirtyMinutes legte sich das bald. Sobald der erste Schritt getan war, ergaben sich die Gespräche wie von allein. Zugegeben, zu Anfang war es schwer auszuhalten, auf einem überfüllten Event allein am Rand zu stehen. Manchmal passte die Veranstaltung auch nicht zu meiner Tagesstimmung. Wenn ich mich blockiert und angespannt fühlte, lernte ich, meine Angst zu benennen und auszuhalten. Es war unmöglich, sich mit jedem Menschen zu verstehen oder sich für jede Veranstaltung zu begeistern, sagte ich mir. Dann löste sich die Angst allmählich auf.

Ich lernte auch, auf das Bedürfnis zu verzichten, um jeden Preis dazugehören zu wollen. Ich ließ mein lange antrainiertes Höflichkeitslachen fallen und lachte nur noch, wenn ich etwas wirklich lustig fand. Ich wurde zu einer in sich ruhenden Person, die keine Angst vor dem Unbekannten hatte.

* * *

Mein Herz war dabei zu genesen, so wie ich es mir gewünscht hatte.

Lediglich die ungeklärte Situation mit meinem Ex-Mann zog mich immer wieder nach unten. Da war plötzlich wieder dieser schwarze Fleck in mir, der sich aus dem Inneren meines Herzens ausbreitete und jede Fröhlichkeit im Keim erstickte. Ich verschloss diese Dunkelheit tief, tief in mir, um in der leuchtenden Gegenwart bleiben zu können. Spürte ich den schwarzen Fleck, warf ich mich in noch intensivere und aufregendere Erlebnisse. Wenn mich meine Eheprobleme in den Abgrund zu reißen drohten, fand ich Schutz, indem ich auf mein neues Leben lauschte, dieses Echo einer großen, wunderschönen Welt, die ich mir immer mehr zu eigen machte. Wehe mir, bliebe mein Fluchtweg dorthin eines Tages versperrt.

5
Worte wie Staub

Nicht alle Treffen verliefen ideal. So manche Begegnung entpuppte sich als das Gegenteil des Erwarteten. Es ist ein Ding der Unmöglichkeit, jeden Menschen sympathisch zu finden oder von ihm gemocht zu werden.

Ich erinnere mich an folgende Episode: An einem freien Tag erledigte ich ein paar Einkäufe in Shinjuku und hatte Lust, jemanden von ThirtyMinutes zu treffen. Sich mittags unter der Woche verabreden zu wollen, war keine besonders günstige Zeit, trotzdem erstellte ich einen talk. Ich erhielt eine einzige Anfrage von einem Nutzer namens Konno. Er schien noch nicht lange auf ThirtyMinutes zu sein, denn er hatte noch keine Nutzerbewertungen. In seinem Profil stand, er sei Autor und habe einen Roman auf Kindle veröffentlicht.

Ich ignorierte mein Bauchgefühl und bestätigte seine Anfrage. Bestimmt würden wir uns gut über Bücher unterhalten können.

Zum Treffen tauchte ein junger, verschlossener Mann mit fettig glänzendem Haar und einem verknitterten Pullover auf. Er stotterte beim Sprechen.

»I-Ich freue m-m-mich, mit e-einer F-F-rau zu s-s-sprechen«, sagte er und kicherte dabei wie ein kleines Kind.

Oh wei, dachte ich mir und gab mir Mühe, ein Gespräch

loszutreten. Er sprach sehr leise, ich verstand ihn kaum, nur sein Kichern brach immer wieder aus ihm hervor. Unsere Unterhaltung verlief schleppend, da er kaum mal etwas von sich aus sagte. Ich sprach ihn auf sein E-Book an, und er zeigte es mir auf seinem Tablet. Es war eine Science-Fiction-Kurzgeschichte von vier Seiten, die während der kriegerischen Sengoku-Jahre des vierzehnten Jahrhunderts spielte. Hundert Yen kostete sie. Vielleicht würde das unser Gespräch etwas beleben, dachte ich mir, und begann zu lesen. Ich wurde enttäuscht. Die Geschichte war eine Ansammlung von Handlungen, deren Zusammenhang ich nicht verstand. Ich quälte mich durch die vier Seiten.

Als ich fertig war, fragte ich ihn, wie sich sein Buch verkaufe.

»Nicht besonders gut«, sagte er. Zum Glück schien er sich nun zu entspannen, seine Stimme wurde fester. Er sei ratlos, woran es liegen könne. Ob ich wohl einen Rat für ihn hätte? Ich dachte nach und hoffte inständig, die dreißig Minuten wären schon vorbei. Das war mir noch nie passiert.

Eine andere kuriose Begebenheit ereignete sich, als ich bei einem Treffen plötzlich einer Gruppe gegenübersaß und nicht, wie verabredet, einer einzelnen Person namens Yoshiki-san. Dieser schien damit jedoch kein Problem zu haben und meinte, seine Bekannten seien auch alle auf ThirtyMinutes, sie träfen sich regelmäßig. Er habe sich bereits mit mir verabredet gehabt, als die anderen ebenfalls ein Treffen vereinbaren wollten, also habe er uns spontan zusammengelegt. Ob das in Ordnung sei, fragte er mich, die anderen würden mich gerne kennenlernen und erhofften sich eine Lektüreempfehlung von mir, ich sei ja so berühmt.

Was hätte ich sagen sollen?

Auf ThirtyMinutes war ich inzwischen mit meinem Bücherkonzept unter den Top Ten der beliebten Nutzer auf einer Höhe mit berühmten Unternehmern und beliebten Usern der ersten Stunde. Das hatte auch seine Schattenseiten, wie ich bald merkte. Es gefiel mir nicht, wie eine Attraktion behandelt zu werden. Ich fand, Yoshiki-san hätte mir wenigstens Bescheid geben können, bevor er Freunde zu unserem Treffen einlud. Es gab einen Grund, warum ich Einzelgespräche bevorzugte. Wie unhöflich.

Wir hatten uns in einem Café verabredet. Er und seine Freunde schienen schon länger dort zu sein, auf dem Tisch vor ihnen standen leere Teller und Gläser.

Yoshiki-san sagte, ich solle gerne etwas bestellen, gerade so, als wäre ich hier zu spät gekommen. Die große Gruppe machte auch ein konstruktives Gespräch unmöglich. Ständig fielen sich die Leute ins Wort. Sie kannten sich bereits, daher nahm ich an, dass sie mich in ihre Unterhaltung einbinden würden. Fehlanzeige. Sie redeten, als wäre ich nicht anwesend.

»Ich möchte eine Buchempfehlung von Nanako-san«, begann einer. Gerade als ich zum Reden ansetzte, unterbrach mich ein anderer. »Dir reicht doch ein oller Comic«, sagte er trocken.

»Wie bitte?«, antwortete der Erste. Der ganze Tisch lachte. Sie redeten, ohne auf mich zu achten.

Nach einer Weile wurde ich ungeduldig. Wieso war ich hier? Anscheinend war ich überflüssig. Sobald die halbe Stunde sich ihrem Ende näherte, trank ich den letzten Schluck meines Eistees, steckte mein Smartphone in die Handtasche und wollte mich gerade verabschieden, als Yoshiki-san plötzlich ausrief: »Wir dürfen nicht vergessen, ein Erinnerungsfoto zu machen!« Die anderen jubelten. Er rief die Bedienung.

Wie bitte? Ich sah ihn fragend an.

»Ist ThirtyMinutes nicht großartig?«, sagte Yoshiki-san und zückte sein Handy. »Wir haben uns alle auf ThirtyMinutes kennengelernt und heute auch Nanako-san. Müssen Sie wirklich schon gehen? Bleiben Sie doch noch ein wenig.«

Ich verlor nun wirklich die Geduld. »Es tut mir leid, ich muss gehen. Ich möchte auch nicht fotografiert werden. Bitte entschuldigen Sie mich, ich wünsche Ihnen noch einen schönen Abend.« Ich legte das Geld für meine Bestellung auf den Tisch und ging. Hinter mir grölte die Meute, ich solle doch bleiben, was sei denn mit dem Foto. Eilig verließ ich das Café, bevor sie mich womöglich zurückrufen konnten.

Wieso sollte ich gute Miene zu ihrem achtlosen Verhalten machen?, ärgerte ich mich. Gut möglich, dass ich mich mit allen Anwesenden angefreundet hätte, wenn ich sie einzeln getroffen hätte. Aber so nicht.

Auch Menschen, die nichts von sich preisgaben, ermüdeten mich. Ein Beispiel war Ryōko-san, Philosophiestudentin. Wir hatten uns in einem schicken Café in Omotesandō verabredet. Sie verspätete sich und schrieb mir eine Nachricht nach der anderen, dass sie gleich da sei. Letztendlich kam sie fünfunddreißig Minuten zu spät. Zumindest entschuldigte sie sich, als sie eintraf.

»Ist schon gut«, sagte ich. »Ich war etwas in Sorge. Haben Sie sich verlaufen? Ich hätte Sie abholen können.« Ich versuchte, freundlich zu sein, und lächelte.

Ryōko-san lächelte nicht zurück, sondern vertiefte sich in das Getränkemenü.

Ich war verschnupft. Was für ein unhöfliches Verhalten. Trotzdem gab ich mir Mühe, das Beste aus der verbliebenen Zeit zu machen.

»Sie studieren Philosophie, habe ich das richtig gelesen? Was interessiert Sie besonders am Studium?«, begann ich das Gespräch.

Ryōko-san schaute kurz von ihrem Menü auf. »Ich habe gerade erst angefangen. Es klingt alles interessant«, antwortete sie einsilbig.

»Verstehe. Wollten Sie schon immer Philosophie studieren?«

»Ja«, antwortete sie.

Ich wartete, ob sie noch etwas sagen würde. Als nichts kam, seufzte ich innerlich. Das würde ein zähes Gespräch werden.

»Wie gefällt Ihnen ThirtyMinutes?«, versuchte ich das Thema zu wechseln.

Sie zuckte mit den Schultern.

»Gab es einen bestimmten Grund, warum Sie sich dort angemeldet haben?«

»Ich weiß nicht genau«, sagte sie.

»Und gefällt es Ihnen?«

»Kann ich nicht sagen«, antwortete sie.

So ging es weiter. Ryōko-san schien sich nicht besonders für mich zu interessieren. Sie gab sich wenig Mühe, mir Fragen zu stellen oder unsere Unterhaltung am Laufen zu halten. Es war mir ein Rätsel, warum sie gekommen war.

Nun gibt es natürlich keine festen Regeln, wie ein gutes Gespräch zu verlaufen hat. Dreißig Minuten vergehen wie im Flug, man muss sie allerdings zu nutzen wissen. Ein Treffen ist reine Zeitverschwendung, wenn man nicht versucht, sich auf den anderen einzulassen. Nur so findet man am anderen die faszinierendsten Seiten.

Natürlich kann man sich auch über Oberflächlichkeiten unterhalten, doch dann verpasst man die Gelegenheit, sich zu zeigen. Eine wirkliche Begegnung findet nicht statt. Diese Gespräche bereue ich am meisten. Man verpasst die Chance, einen bleibenden Eindruck zu hinterlassen. Es ist angesichts der Kürze der Zeit wichtig, die Fragen gut auszuwählen, die man stellt und mit denen man zum Kern der anderen Person vordringt. Wenn man diese Fähigkeit meistert, kann man jede Unterhaltung gezielt steuern und nach den eigenen Wünschen gestalten.

Die Schattenseite meiner immer ausgefeilteren Konversationsfertigkeiten war jedoch, dass mich sinnentleerte Gespräche wie auf der Arbeit zunehmend langweilten.

Meine merkwürdigste Begegnung übertraf jedoch alles. Es war die Begegnung mit Fujisawa-san.

* * *

Fujisawa-san war ein Mann mittleren Alters und lebte eigentlich in Sendai, im Nordosten Japans. Er kam für die Arbeit ab und an nach Tokio und verabredete sich dann gerne auf ThirtyMinutes. Wir trafen uns an meinem freien Tag. Ich war gerade von einem Ausflug in die Stadt auf dem Weg nach Hause, als mich seine Anfrage erreichte. Er hatte nichts dagegen, sich spätabends in Yokohama zu treffen, daher bestätigte ich seine Anfrage. Erst danach fiel mir ein, dass ich mir einen Film hatte anschauen wollen, der nur an diesem Abend lief. Ich fragte Fujisawa-san, ob er mitkommen wolle, denn ich wollte weder auf den Film verzichten noch unsere Verabredung absagen. Er war einverstanden.

Im Anschluss an das Kino saßen wir noch in einem kleinen Imbiss und unterhielten uns. Es wurde eins, die letzte Bahn fuhr gleich. Fujisawa-san hatte erwähnt, dass er am nächsten Tag arbeiten müsse, daher nahm ich an, dass er in einem Hotel übernachtete. Ich konnte mit dem Taxi nach Hause fahren.

Nach dem Essen spazierten wir durch das nächtliche Yokohama, und ich führte ihn ein wenig herum. Als ich ihn nach seinem Hotel fragte, meinte er, er wolle in einem Internetcafé übernachten. Diese Cafés waren günstiger als ein Hotel und vermieteten winzige Kabinen mit einer Liege zum Schlafen. In Yokohama gab es jedoch nicht viele davon, noch dazu so kurz vor dem Wochenende. Ich befürchtete, dass sie ausgebucht sein könnten. Fujisawa-san telefonierte die Netcafés ab, doch wie erwartet war nichts mehr frei. Ich buchte ihm ein Zimmer in einer einfachen Pension, in der ich während meiner wohnungslosen Zeit ab und an übernachtet hatte. Ich gab ihm die Adresse und setzte ihn in ein Taxi. Danach fuhr auch ich nach Hause.

Fujisawa-san hatte mir begeistert von seiner Rucksackreise durch Indien erzählt und wie wichtig es ihm gewesen war, das Land unverstellt und ohne ironische Distanz zu entdecken. Er hatte eine Woche Urlaub für seinen Trip genommen und war erst seit einigen Tagen wieder in Japan. Nun dachte er bereits darüber nach, welches Land er als Nächstes bereisen wollte.

Für mich war vollkommen klar, dass ich ihm »Der Nachtexpress« von Kōtarō Sawaki empfehlen würde. Die fiktive Reisereportage über seine legendäre Reise aus den Siebzigerjahren führte den Leser einmal quer über den eurasischen Kontinent bis nach Europa und endete in London. Das Buch war ein Klassiker unter den Erzählungen von Rucksackreisenden. Die kraftvolle Erzählstimme Sawakis über seine abenteuerlichen Erlebnisse in Hongkong, Macao, Bangkok, über Singapur, Kalkutta nach Indien und Pakistan, weiter nach Afghanistan, Iran, die Türkei, Griechenland, Italien, Frankreich, Spanien und Portugal bis nach England zog einen sofort in den Bann und ließ einen bis zur letzten Seite nicht mehr los. Zu Recht galt Sawaki als Begründer der neuen Reiseliteratur in Japan. Dieses Buch schien wie gemacht für Fujisawa-san.

Er antwortete mir, dass er das Buch schon lange hatte einmal lesen wollen und noch nie dazu gekommen sei. Er habe zuerst ein wenig Zweifel gehabt, schrieb er, doch bald konnte er das Buch nicht mehr aus der Hand legen. Im Nu hatte er alle sechs Bände verschlungen. Er nannte es die »Magie des Reisens«.

Seine Antwort freute mich, und ich ging davon aus, dass dies unser letzter Austausch war.

Wie ich mich irrte. Ich hatte Fujisawa-san fast vergessen, als ich eines Tages eine E-Mail von ihm in meinem Postfach fand. Was darauf folgte, verschlug mir die Sprache.

Er schrieb: »Die Nacht in Yokohama mit Ihnen war sehr besonders, Nanako-san. Ich gestehe, ich habe darüber eine kleine Erzählung geschrieben. Sie ist recht lang, ein kleines Schreibvergnügen für mich selbst, entschuldigen Sie, dass ich Sie damit behellige, doch als Literaturexpertin wären Sie eine großartige Kritikerin. Dürfte ich Sie wohl um Ihre Meinung bitten?«

Etwas stimmte hier nicht, ich spürte es. Doch ich ignorierte mein Bauchgefühl und antwortete ihm zunächst betont unbekümmert: »Ihre Nachricht überrascht mich. Ich bin nicht sicher, ob ich Ihnen wirklich weiterhelfen kann, doch wenn Sie möchten, schaue ich gerne mal über Ihre Erzählung.«

Hätte ich das bloß nicht geschrieben.

Was er mir dann schickte, war ein neunzigseitiger Schmuddelroman, der in der Nacht unseres Treffens begann.

Anstatt allein nach Hause zu fahren, stieg ich in der Erzählung mit Fujisawa-san in das Taxi und sagte ihm, während ich mich an ihn drückte, ich sei einsam und wolle nicht nach Hause. Es war fürchterlich. Je mehr ich las, desto mehr drehte sich mir der Magen um. Die detaillierten, lang gezogenen, unerträglichen Sexszenen waren schlimm genug, doch am meisten traumatisierte mich eine Passage, in der ich Fujisawa-sans Schienbein streichelte und hingerissen »Wie glatt und flutschig das ist, da werde ich ganz scharf …« zwitscherte.

Aus einem unerklärlichen Grund redete ich mir ein, dass die Geschichte am Ende vielleicht noch interessant werden würde, und las tapfer weiter. Wahrscheinlich war ich in einer Schockstarre.

Die Geschichte endete damit, dass mich Fujisawa-san verließ, nachdem er mich geschwängert hatte, ich als alleinerziehende Mutter in meine Heimatstadt zurückkehrte und mich nie wieder von seiner Zurückweisung erholte.

Diese obszöne, abgenutzte und billige Handlung einen Roman zu nennen, war eine Beleidigung für die Literatur. Ich war so außer mir vor Wut, Verachtung und Verzweiflung, dass mich schwindelte.

Wie war ich nur in diese Situation geraten? Ich hatte anderen Menschen lediglich schöne Bücher empfehlen wollen. Was hatte sich Fujisawa-san bloß dabei gedacht? Nahm er ernsthaft an, ich würde ihm eine nette Rezension schreiben?

Mir war speiübel. Vielleicht war es meine Schuld, dachte ich. Vielleicht hatte ich ihm die falschen Signale gesendet. Wie hatte er mein Verhalten nur so missverstehen können? Ich hätte ihm klar zeigen sollen, dass ich kein Interesse an ihm hatte.

Doch wann hätte ich das tun sollen? Ich erinnerte mich an keinen Moment, in dem ich mir etwas hatte zuschulden kommen lassen.

Moment, unterbrach ich meine Gedankenspirale. Was tat ich da? Warum gab ich mir die Verantwortung für dieses Debakel? Ich hatte nichts falsch gemacht.

Es steht jedem Menschen vollkommen frei, andere Menschen zu begehren. Doch wie man seine Gefühle diesem Menschen mitteilt, ist eine andere Sache. Was dachte er sich nur dabei, mir diesen widerwärtigen Porno zu schicken? Stellte er sich vor, ich würde wie die kichernde Nanako in seiner Geschichte reagieren? Welch eine Unverfrorenheit, mich nach einer Rezension zu fragen. Wie konnte er nur annehmen, ich würde mich über den Erguss seiner Fantasie freuen?

Nein. Ich gab es auf, Verständnis für seine Gründe aufbringen zu wollen. Was es auch immer war: Er hatte diesen Schund geschrieben, weil ihm danach gewesen war, und ihn mir geschickt, weil ihm danach gewesen war. Nicht mehr und nicht weniger. Er hatte keinen Gedanken an mich verschwendet. Das war die schreckliche Wahrheit. Seine Geschichte war keine Vergewaltigung im üblichen Sinne, kam einer solchen jedoch sehr nahe. Gut möglich, dass er dachte, ich könne ja die Geschichte nicht lesen, wenn ich es nicht wollte. Doch welcher Mensch kam auf die Idee, einer Fremden, die er nur einmal getroffen hatte, so etwas zu schicken? Das tat man höchstens, wenn man jemanden liebte.

Sein Verhalten verstörte mich zutiefst. Das Ekelhafteste waren natürlich die perversen Sexszenen, doch mehr als das schockierte mich, wie gewaltsam Fujisawa-san damit unsere tatsächliche Begegnung überschrieb. Wir hatten einen netten Abend miteinander verbracht. Nie im Leben hätte ich erwartet, dass er mein Vertrauen derart missbrauchen würde.

Die Übelkeit wurde schlimmer. Ich hatte keine Kraft, ihm zu erklären, was er Schreckliches getan hatte. Ich klickte die Nachricht weg, schaltete meinen Computer aus und verkroch mich in meinem Bett.

Vielleicht sollte ich aufhören, Leute auf ThirtyMinutes zu treffen.

Zu diesem Zeitpunkt hatte ich bereits über fünfzig Menschen kennengelernt. Viele Begegnungen waren großartig. Sicher war unter diesen fünfzig Nutzern auch so mancher gewesen, der tat, als würde er sich für Bücher interessieren, um sich mit einer Frau zu treffen. Meine ersten beiden Kandidaten gehörten definitiv in diese Kategorie. Was tat ich hier nur? Mit einem Mal erschien mir mein Vorhaben sinnlos. Ich wollte nie wieder an solch einen Schwerenöter geraten …

Doch das hieß, ich müsste aufgeben.

Nein, das war keine Option.

Sollten manche Männer doch ihre Hintergedanken haben. Ich war ihnen nicht hilflos ausgeliefert. ThirtyMinutes war ein Kennenlernportal. Natürlich hoffte der eine oder andere auf ein erotisches Abenteuer, doch das hieß nicht, dass man andere für seine Perversionen benutzen durfte. Immerhin waren das die Ausnahmen. Die meisten Menschen waren nett und freundlich. Wollte ich mir wirklich von ein, zwei schwarzen Schafen meine Mission verderben lassen? Ich hatte schließlich auch meine eigene Agenda, die ich den anderen Nutzern nicht verriet.

Zwar gab ich mir redlich Mühe bei der Auswahl jedes einzelnen Buches, hoffte, es werde meinem Gegenüber gefallen, freute mich, wenn es so war. Doch letztendlich tat ich das alles für mich. Es bereitete mir Freude. Ich hatte kein Recht, mich zu beschweren, falls sich jemand nicht für meine Lesetipps interessierte. Mir ging es im Grunde doch auch vor allem um die Bücher. War ich etwa die Bücherfee?

Ich seufzte. Egal wie ich es drehte und wendete, keine Motivation war besser als die andere. In Zukunft würde ich achtgeben, dass ich von meinem Gegenüber keinen falschen Dank erwartete. Niemand war mir zu etwas verpflichtet. Falls jemandem mein Buchtipp gefiel, war das Anerkennung genug. Ich war noch nicht mit meinen Buch-Exerzitien fertig. Nur das zählte.

Die Gespräche mit meinem Mann wurden immer seltsamer. Mit jedem Abendessen wurde es schwieriger, der Realität ins Gesicht zu sehen. Wie in stiller Übereinkunft redeten wir aneinander vorbei, denn sobald wir aufhörten, Höflichkeiten auszutauschen, würden wir uns unweigerlich streiten.

»Dir geht es nur um dich, nie denkst du an mich«, würde ich ihm an den Kopf werfen. Mein Mann würde den Blick senken und schweigen, und damit wäre das Gespräch beendet.

Meine harten Worte trafen aber genauso auf mich zu. Wusste ich wirklich, was in ihm vorging? War nicht ich hier diejenige, die nicht wahrhaben wollte, was sie bereits wusste? Woher nahm ich das Recht, Fujisawa-san zu verurteilen? Obwohl mein Mann und ich viele Jahre ein Paar gewesen waren, hatten wir einander nicht im Blick. In ihm existierte kein Teil von mir und in mir ebenso wenig ein Teil von ihm. Wir waren gescheitert. Wie konnte ich jemals mit einem anderen Menschen eine aufrichtige Beziehung eingehen? Konnten es andere?

Allmählich ließ mein Interesse an ThirtyMinutes nach. Das lag nicht unbedingt an der schockierenden Erfahrung mit Fujisawa-san allein. Der erste Glanz war verblasst. Zu Beginn hatte mich jede Begegnung in Staunen versetzt, und ich liebte den Nervenkitzel, den ich beim Entdecken dieser Welt verspürte. Jede Begegnung schien einzigartig, jedes Kennenlernen spannend, jede Lebensgeschichte faszinierend, auch wenn sie nicht immer weltbewegend war.

Doch irgendwann begannen sich die Abläufe der Gespräche zu ähneln, eine gewisse Routine stellte sich ein. Erst stellten wir uns vor, dann redeten wir über dies und das, am Ende empfahl ich meinem Gegenüber ein Buch. Die Wiederholung begann, mich zu langweilen.

Zwar machte es Spaß, auf ThirtyMinutes die Zahl meiner Bekanntschaften immer höher klettern zu sehen, zwischendurch zog ich sogar in Erwägung, die Hunderter-Marke zu knacken, doch es reizte mich nicht, Menschen aus reiner Eitelkeit zu treffen, damit ich mich mit einer netten Zahl schmücken konnte.

Meine Wochenenden und freien Tage waren inzwischen mit Verabredungen mit ThirtyMinutes-Nutzern und den Bekannten von Esaki-san aus dem Co-Working-Space verplant.

Endlich gab ich mir einen Ruck und begann, mich nach einer neuen Arbeit umzusehen. Durch meine Aktivitäten auf ThirtyMinutes war mir einmal mehr klar geworden, dass ich unbedingt im Buchhandel arbeiten wollte. Doch das war schwieriger als gedacht. Die Online-Jobportale enttäuschten, denn die großen Buchläden hatten offenbar keinen Bedarf, und die Verlage suchten ausschließlich nach erfahrenen Vertriebsmitarbeitern oder Lektoren. Auf Basis meines Lebenslaufs empfahl mir das Jobportal nur Stellen als Managerin im Gastronomiebetrieb. Frustriert gab ich wieder auf.

Endō-san und ich freundeten uns an. Wir trafen uns ab und zu auf einen Kaffee oder verabredeten uns an unseren freien Tagen zum Abendessen. Zuerst hatte ich die Hoffnung gehegt, dass mehr aus unserer Bekanntschaft werden würde, doch er schrieb mir nie mehr als eine kurze Textnachricht, keine Rede von freudvollem Liebestaumel. Nichtsdestotrotz antwortete er immer zuverlässig, wenn ich ihn anschrieb.

»Hast du Lust, zusammen zu Abend zu essen?«, würde ich ihn fragen und jedes Mal ein »Gerne, wann denn?« von ihm erhalten.

Es fiel mir von Natur aus schwer, mich anderen Menschen zu öffnen. Bei Endō-san war das aus unerfindlichen Gründen nicht der Fall. Mit ihm konnte ich offen über meine Arbeitssituation sprechen. So auch wieder an diesem Tag, wir hatten uns zum Abendessen in einem kleinen Restaurant verabredet.

»Ich würde so gerne weiterhin in der Buchbranche arbeiten, am liebsten in einem Buchladen«, sagte ich zu ihm, während wir ein Bier tranken. »Leider ist der Buchhandel vom Aussterben bedroht. Es ist ein Verlustgeschäft, das betrifft nicht nur die kleinen Bahnhofsbuchläden, sondern auch die großen Ketten. Die Stückpreise sind viel zu niedrig, vom Gehalt ganz zu schweigen. Einfach nur meine Stelle zu wechseln, bringt daher nicht viel.« Ich seufzte.

»Also doch wieder ein Buchladen, ja?« Endō-san schaute mich an. »Entschuldige, ich verstehe nicht viel davon, ich kaufe nur noch E-Books, keine gedruckten Bücher, das ist viel ökonomischer. Comics lasse ich im Zug liegen, anstatt sie mit nach Hause zu nehmen. Sind Buchläden und gedruckte Bücher wirklich noch zeitgemäß?«

Ich wurde verlegen. »Das ist schwer zu erklären.«

»Es müssen unbedingt Bücher sein, ja?«, fragte er mich.

»Einen Online-Buchladen könnte ich mir auch vorstellen«, sagte ich. »Einen Shop mit einem Blog, auf dem ich Bücher vorstelle, den könnte ich mit Amazon verlinken. Was hältst du davon?«

Endō-san winkte ab. »Das ist nicht rentabel. Du wirst höchstens drei Prozent des Verkaufspreises verdienen, das macht circa dreißig Yen pro Buch. Du müsstest also rund zehntausend Bücher pro Monat verkaufen, um deine Kosten zu decken.« Er sah meinen entmutigten Blick. »Vielleicht solltest du deine Businessidee mit etwas kombinieren? Merchandise für Idols? Vielleicht Erotika?« Er grinste. »Das sind nur so spontane Ideen.«

Ich mochte seinen Optimismus. Er gab mir das Gefühl, als könnte ich alles schaffen.

»Du hast recht. Viele neue Buchläden kombinieren den Verkauf von Büchern mit etwas anderem wie Geschenkartikeln, einem Event-Space oder einem Café.« Mir kam eine Idee. »Vielleicht sollte ich eine Buchladen-Bar eröffnen.«

»Das könnte funktionieren«, sagte er. »Aber erst musst du dich um das Geschäftliche kümmern. Um die Miete der Geschäftsräume zu decken und die Kosten deiner eigenen Wohnung, brauchst du, wenn du etwas Günstiges findest, ungefähr sechzigtausend Yen. Wenn zehn Leute in deinem Laden dreitausend Yen ausgeben, verdienst du dreißigtausend Yen pro Tag. Das macht rund neunhunderttausend Yen pro Monat. Davon müssen wir deine freien Tage abziehen sowie Kosten für Lebensmittel und deine Bücherbestellungen. Ob dir das zum Leben reicht?«

Ich schaute auf mein Bier und versuchte, es mir vorzustellen.

»Wenn du es schaffst, in ein paar Magazinen erwähnt zu werden, könnte deine Buchladen-Bar ein Hit werden«, fuhr Endō-san fort. »Ich fürchte nur, Nanako, deine ideale bibliophile Kundschaft wird nicht jeden Tag in die Bar kommen. Letztlich werden die Leute aus der Nachbarschaft deine

Stammkunden sein. Angenommen, du schaffst es so, deine Lebenshaltungskosten zu decken? Ist das wirklich das, was du dir wünschst?«

Endō-san hatte es geschafft, mir in einfachen Bildern meine Selbstständigkeit zu umreißen. Ich musste ihm recht geben und fragte ihn, was er für das Beste hielt.

»Ich verstehe, wie gesagt, nicht viel von Büchern, Nanako, aber ich kann mir dich in einem Buchladen sehr gut vorstellen. Meinst du nicht?«

Er schaute mich mit klaren Augen an.

»Du klingst nicht gerade überzeugt«, sagte ich.

»Auf ThirtyMinutes ist dein Konzept doch auch aufgegangen«, sagte er, »dabei hattest du keinerlei Erfahrung mit sozialen Medien. Du hast instinktiv verstanden, was gut ankommt, und hast dir einen Ruf nur durch mündliche Empfehlungen aufgebaut. Und schau dich nun an, die Leute lieben deine Dienstleistung, du hast ausgezeichnete Bewertungen. Das ist dein Verdienst. Ich bin mir sicher, dass du als Selbstständige erfolgreich sein wirst.«

»Das habe ich vor allem guten Ratschlägen zu verdanken«, erwiderte ich.

»Das gehört dazu, wenn man selbstständig ist«, sagte Endō-san. »Die Ratschläge anderer Leute sind das eine, was du daraus machst, das andere. Es wird anstrengender sein, als in einem Unternehmen zu arbeiten, doch du wirst Unterstützung bekommen, ideell und finanziell.«

Ich war mir da nicht so sicher. »ThirtyMinutes ist immerhin ein kostenloser Service. Deine Arbeit als Filmemacher ist gefragt. Aber meine Art von Arbeit …«, unbeholfen versuchte ich, Gegenargumente zu finden.

Endō-san ließ das nicht gelten. »Wie wäre es, wenn du

eine Art Buch-Beratung gründest? Heutzutage gibt es ja Consulting für alles Mögliche. Meistens sind das komische Typen, die ahnungslosen Laien ihre Beratung aufschwatzen und Unternehmen und Schulen Unmengen von Geld aus der Tasche ziehen. Da besitzt du wesentlich mehr Expertise. Mach doch eine Buch-Beratung auf.«

Es war gut zu hören, dass er mich für kompetent hielt, doch der Vorschlag gefiel mir nicht.

»Irgendetwas stört mich an der Vorstellung«, sagte ich, »in meinen Ohren klingt es schmuddelig, wenn ich es so aufziehe.« Vielleicht war ich zu naiv, ich hoffte, er dachte, ich wolle das Gespräch ein wenig auflockern.

Endō-san lächelte. »Was genau sind deine Prioritäten, Nanako?«

Ich suchte nach Worten. »Eine Arbeit aus Leidenschaft«, sagte ich und wurde rot.

»Wie wäre es dann, wenn du Beraterin aus Leidenschaft wirst?«, sagte er.

Wir lachten, und mir wurde leicht ums Herz. Gespräche mit Endō-san hatten das an sich. Seine Worte wiesen mir einen Weg in die noch immer nicht deutlich erkennbare Zukunft.

Da die Online-Jobsuche fruchtlos blieb, begann ich, mich bei meinen Geschäftspartnern und Verlegern nach freien Stellen zu erkundigen. Um sie nicht unter Druck zu setzen, fügte ich scherzhaft hinzu, dass ich ein kleines Business als Buchempfehlerin auf einem Datingportal hatte. Oft reagierten die Verleger erstaunt und neugierig. Entgegen meiner Befürchtung hielt mich niemand für übergeschnappt. Es tat gut, nun auch beruflich offen über meine Erfahrungen auf

ThirtyMinutes zu sprechen. Viele meiner Gesprächspartner amüsierten sich köstlich, als ich ihnen von meinen Erlebnissen erzählte.

»Ist das denn nicht gefährlich?«, fragten die meisten dann. »Wer weiß, wer da alles unterwegs ist. Geben Sie bloß acht, dass Sie nicht an einen Verrückten geraten.«

Das war verständlich und zeugte von gesundem Menschenverstand. Ich versicherte ihnen mit einem Lächeln, dass alles gut liefe.

Dann gab es vor allem Männer mittleren Alters, die sich an dem Thema festbissen. Mit ihnen führte ich oft dasselbe Gespräch: Sie wollten mich aufklären, wie gefährlich es sei, mich mit wildfremden Menschen zu treffen.

Ich erwiderte, dass ich mich daher nur an öffentlichen Orten mit ihnen traf.

Ich solle bloß achtgeben, nicht an einen Stalker zu geraten, sagten sie dann.

Die Vorstellung sei beängstigend, pflegte ich zu sagen, doch das gehöre nun einmal zum Lebensrisiko dazu.

Sicher, erwiderten die Skeptiker, doch Männer hätten Hintergedanken, egal, wie sympathisch sie wirkten. Ich solle bloß vorsichtig sein.

An diesem Punkt verlor ich stets die Geduld. Den Männern schien nicht in den Sinn zu kommen, dass sie mir damit die Laune verdarben. Sie hielten sich wohl für gönnerhafte Onkel, die einem ahnungslosen Mädchen gute Ratschläge gaben – als hätte ich selbst noch nie daran gedacht. Dabei kannte ich die Welt da draußen inzwischen um einiges besser als sie.

Ja, viele Männer hatten gewisse Absichten, manche wie Tsuchiya-san und Kōji-san äußerten sie sogar direkt. Sobald

Sex vom Tisch war, hatten sie kein Interesse mehr an mir. Doch das war nur ein kleiner Teil. Bei manchen Bekanntschaften hatte Sex zuerst als Möglichkeit zwischen uns gestanden, und trotzdem war es uns gelungen, eine freundschaftliche Beziehung aufzubauen. Männer, die dies noch nie erlebt hatten, setzten ein Treffen mit einer Frau gern mit der Möglichkeit gleich, mit ihr zu schlafen, weiter reichte ihre Fantasie nicht. Wie einfallslos. Gerne hätte ich ihnen die Welt gezeigt, die ich auf ThirtyMinutes kennengelernt hatte. Wenn ein Mann und eine Frau sich begegneten, konnten sie auch ohne jegliche Anspielung auf Sex viel Spaß an der Begegnung haben. Ich hatte das selbst erlebt. Ja, ich hatte gute und schlechte Erfahrungen auf ThirtyMinutes gemacht. Wenn ich den skeptischen älteren Männern von Fujisawa-san erzählte, schienen sie sich regelrecht zu freuen, ihre Zweifel bestätigt zu sehen. Sieh her, wir haben es dir doch gesagt, schienen sie zu jubeln.

Doch das war zu kurz gedacht. Auch diese schlechte Erfahrung hatte mich etwas gelehrt. Ja, bei dieser Art Online-Dating gab es auch komische Gestalten und Lüstlinge, so wie es sich die Skeptiker in ihrer begrenzten, vom Fernsehen und den Medien beeinflussten Vorstellungskraft ausmalten. Doch wie oft hatten mich die Unbekannten von ThirtyMinutes aufgefangen und gerettet. Wie oft war aus einem schlechten Tag ein guter geworden. Im Angesicht dieser Erfahrungen lösten sich ihre gut gemeinten, jedoch letztlich verfehlten Ratschläge in nichts auf. Abgesehen von den ewigen Skeptikern, erhielt ich nur positive Reaktionen auf meine kleine Offenbarung. Es sprach sich herum, dass Nanako Hanada eine ungewöhnliche Buchhändlerin war, und bald wurde ich hier und dort zu Geschäftsessen eingeladen und Leuten vorgestellt. So-und-so-san sei ein lustiger Zeitgenosse, sagte man mir, er habe die besten Thementische in seinem Buchladen und sei der Herausgeber einer kostenlosen Literaturzeitschrift, ob ich ihn nicht kennenlernen wolle, wir würden uns sicher gut verstehen.

Es war überraschend einfach, am selben Ort etwas Neues entstehen zu lassen, wenn man lediglich die Bedingungen änderte. Ich hatte die kleine, enge Welt Village Vanguards und meiner Buchläden-Streifzüge hinter mir gelassen und eine Tür zu einer neuen Welt aufgestoßen. Nun entdeckte ich eine völlig neue Dimension, ein Netz von Buchhändlern und Verlegern in meiner unmittelbaren Umgebung. Die Leute in diesem Universum waren inspirierend, herzlich und originell. Der Buchhandel war ihr täglich Brot und Lebensinhalt, wir teilten dieselben Sorgen und Hoffnungen. Die ganze Zeit waren sie in unmittelbarer Reichweite gewesen. Hätten sie sich doch nur früher gezeigt.

Viele von ihnen waren längst auch privat in den sozialen Medien unterwegs und vernetzten sich untereinander. Ich gab mir einen Ruck und gesellte mich zu ihnen. Bald schon war ich ein Teil der virtuellen Buchbranche. Damit hatte ich das nächste Puzzlestück meiner Zukunftsvision gefunden.

6

Die Gake-Buchhandlung

Nach unzähligen Gesprächen, meinen persönlichen Zweikämpfen, hatte ich es geschafft. Ich hatte meine Buch-Exerzitien gemeistert. Ich war in der Lage, fremden Menschen das perfekte Buch zu empfehlen. Ich spürte einen unerwarteten Nebeneffekt. Meine Berührungsängste gegenüber Fremden waren nahezu verschwunden.

Zum ersten Mal in meinem Leben ging ich auf ein Gōkon – eine Kennenlernparty, in der sich eine gleiche Anzahl Männer und Frauen in einem Restaurant verabredeten. Die Männer verhielten sich wie wahre Gentlemen, das gefiel mir. Alle Teilnehmer verhielten sich höflich und zuvorkommend. Ich erkannte eine gewisse Formschönheit in dieser Art der Begegnung. Zugleich ließ mich der gesittet-oberflächliche Austausch kalt, ich bevorzugte inzwischen intensive, persönliche Unterhaltungen. Mit lustig gemeinten Kennenlern-Spielen konnte ich nichts anfangen. Während die anderen miteinander lachten, stellte ich mir vor, wie ich mit jedem in der Gruppe ein persönliches Gespräch führen würde. Doch ich wollte die Gruppenharmonie wahren, daher saß ich brav an meinem Platz, lächelte an den richtigen Stellen und sagte die richtigen Worte im richtigen Moment.

Das Gōkon war ein Spiel, und am Ende hatte ich die Spielregeln begriffen. Unsere Gruppe verabschiedete sich am Bahnhof Shinjuku.

Wieder allein, beobachtete ich eine Weile die vorbeigehenden Menschen. Der Abend wäre spannender gewesen, hätte ich jemanden, der interessant aussah, auf der Straße angesprochen. Leider wurde man in Tokio schnell für ein Sektenmitglied, einen Anbieter dubioser Geschäftsmodelle oder für eine Sex-Arbeiterin gehalten, niemand sonst ging auf offener Straße auf andere Menschen zu. Es gab sogar Betrugsmaschen, bei denen verschmähte Ehemänner den Liebhaber ihrer Frau erpressten, indem sie ihn von einem Privatdetektiv in einer gestellten, kompromittierenden Situation fotografieren ließen. Im besten Falle würde man mich für eine Nymphomanin halten. Daher ließ man einander auf der Straße für gewöhnlich in Ruhe. Ich schaute mich um. Hatte ich den Mut, jemanden anzusprechen? Vielleicht war es viel leichter, als ich dachte? Die Leute eilten an mir vorbei. Es würde schwer sein, sie zum Anhalten zu bewegen, doch in diesem Moment schien mir alles möglich.

Der erste Mann, den ich nicht auf ThirtyMinutes, sondern persönlich kennenlernte, war Kuroiwa-san. Er war Veranstaltungsorganisator aus der Tech-Branche, seinen Namen hatte ich schon öfter auf ThirtyMinutes gehört. Ich entschloss mich, eines seiner beliebten Events zu besuchen. Kuroiwa-san war ein großartiger Host, der den Raum zu unterhalten wusste und eine angenehme, einladende Atmosphäre schuf. Trotz seines Charismas schien er keineswegs arrogant, sondern humorvoll und warmherzig. Er imponierte mir, und ich wollte ihn kennenlernen. Ich musste meine

Chance abwarten, denn nach dem Ende des offiziellen Programms scharte sich eine Traube von Menschen um ihn. Es dauerte ein wenig, doch dann war der perfekte Augenblick gekommen.

»Hallo«, sprach ich ihn an, und er wandte sich mir zu, »was für ein beeindruckendes Event. Ich bin zum ersten Mal hier.«

»Das freut mich zu hören«, antwortete er mit einem Lächeln.

Ich nahm allen Mut zusammen.

»Ein Freund von ThirtyMinutes hat mir von Ihnen erzählt. Sie sind auch auf der Plattform, nicht?« Er nickte, ich hatte seine Aufmerksamkeit. »Ich wollte Sie auf ThirtyMinutes schon immer gerne einmal auf einen Kaffee treffen, doch bisher hat es nie geklappt.«

»Ich danke Ihnen. Ich bin nicht so oft dort unterwegs«, antwortete er und fügte hinzu: »Wie war nochmals Ihr Name?«

»Nanako Hanada«, sagte ich. »Ich habe da dieses kleine Konzept, dass ich jedem, den ich treffe, das perfekte Buch empfehle.«

»Das klingt interessant«, sagte Kuroiwa-san, »ich werde Sie auf ThirtyMinutes suchen.« Er lächelte und verabschiedete sich, da ihn schon wieder jemand anders ansprach.

Ich konnte seine Antwort nicht deuten, gut möglich, dass er höflich sein wollte. Mit ein wenig Glück würde er sich an mich erinnern.

Nach der Veranstaltung vernetzte ich mich mit ihm auf Facebook. Auf seiner Timeline fand ich allerlei Updates zu seiner Arbeit, dazwischen verlinkte er ab und an seinen Blog »Komplikationen einer Jungfrau«.

Der Blog war locker und amüsant geschrieben, er brachte mich beim Lesen immer wieder zum Lachen. Was für ein cooler Typ, dachte ich mir und seufzte leicht verträumt. Ich wollte ihn wirklich gerne kennenlernen. Also stöberte ich noch etwas auf seiner Seite herum, nicht nur, weil er ausgezeichnet schrieb, sondern um Anknüpfungspunkte zu finden. Dann schickte ich Kuroiwa-san eine längere Nachricht auf Facebook.

Seine Antwort klang vielversprechend:

»Nanako-san, danke für Ihr Feedback zu meinem Blog. Es freut mich, dass er Ihnen gefällt, normalerweise erhält er nicht so viel Aufmerksamkeit. Sie drücken sich sehr treffend aus, man merkt, dass Sie eine Frau des Buches sind.« Es war eine Ehre, ein Kompliment von ihm zu bekommen, doch das war noch nicht alles. »Ich habe mir Ihr ThirtyMinutes-Profil angesehen, Respekt, Sie sind ganz schön gefragt. Falls sich einmal die Gelegenheit ergibt, würde ich mich sehr über eine Buchempfehlung von Ihnen freuen.«

Ich jubelte innerlich, wie gut mein Plan aufging, und schrieb ihm zurück:

»Lieber Kuroiwa-san, danke für Ihre Nachricht. Es wäre mir eine Freude, Ihnen ein Buch zu empfehlen. Ihren talks zufolge sind Sie meistens Dienstag gegen 14 Uhr in Takadanobaba. Von Yokohama ist das ein wenig weit, doch falls Sie nächsten Mittwoch oder Freitag Zeit haben, könnten wir uns in der Nähe von Shibuya und Shinjuku treffen? Ich bin zeitlich relativ gut verfügbar.«

Die Nachricht war unverbindlich genug, dass er bedenkenlos ablehnen konnte.

Kuroiwa-san antwortete umgehend: »Wie wäre es Mittwoch um 18 Uhr in Shinjuku?«

Ich lächelte beseelt. Das war ein gutes Zeichen. Mit etwas Glück würden wir zusammen zu Abend essen.

Unversehens hatte ich eine raffinierte Flirt-Technik entwickelt. Es war recht simpel. Wenn jemand mein Interesse weckte, versuchte ich, mich erst einmal mit ihm anzufreunden, anstatt ihn gleich als einen potenziellen Partner zu sehen.

Vor meinem Treffen mit Kuroiwa-san kam dennoch die alte Nervosität wieder in mir hoch. Worüber sollten wir uns nur unterhalten? Was, wenn er mich langweilig fand?

Meine Sorgen waren unbegründet. Kuroiwa-san war ein großartiger Gesprächspartner, der es verstand, interessante Kommentare einzustreuen, sodass unsere Unterhaltung nie stockte. Wir redeten über seinen Blog, wie er dazu gekommen war und welche Bücher und Comics wir gerade gerne lasen. Ich empfahl ihm einen Manga von Chokkaku Shibuya, über eine junge Sängerin in ihren Dreißigern, die kurz davor war, ihre Karriere aufzugeben, und durch eine wundersame Verkettung von Zufällen am Ende ihr Glück findet und gemeinsam mit einer berühmten Indieband eine Platte aufnimmt. Der Manga war vor ein paar Jahren ein Bestseller. Kuroiwa-san erzählte mir im Gegenzug einige kuriose Anekdoten, erklärte etwa, wie sich die Darstellung von männlicher Jungfräulichkeit in Adult Videos über die Jahre veränderte. Ich hatte nicht einmal gewusst, dass es so etwas gab. Wir hatten einen wunderbaren Abend.

Kuroiwa-san verabschiedete sich mit den Worten, er freue sich jederzeit wieder über Lektüretipps von mir. Unter Freelancern schienen solche unverbindlichen Treffen total normal zu sein. Ich war rundum zufrieden.

Ich hatte es geschafft. Ich hatte eine weitere Hemmschwelle überwunden. Nun konnte ich auch außerhalb des virtuellen ThirtyMinutes-Kosmos mühelos mit anderen Menschen in Kontakt treten. Die Welt stand mir offen. Ich brauchte nur einen Knopf zu drücken.

Beflügelt von der Begegnung mit Kuroiwa-san, nutzte ich die Gunst der Stunde und kontaktierte einen Bekannten von ihm, auf den ich schon vor einer Weile ein Auge geworfen hatte. Sakuma-san war Autor und Journalist und schrieb scharfsinnige Artikel, stets gespickt mit einer Prise Humor, für ein großes Online-Newsportal. Kuroiwa-san und er unterhielten sich auf Facebook oft miteinander.

Ich schrieb ihm wie zuvor Kuroiwa-san eine lockere Nachricht:

»Hallo! Entschuldigen Sie, dass ich Sie einfach anschreibe, ich heiße Nanako Hanada und lese Ihre Artikel immer mit großem Vergnügen. Ich bin über einen gemeinsamen Bekannten, Kuroiwa-san, auf Sie aufmerksam geworden. Ich leite einen Buchladen von Village Vanguard und bin auf ThirtyMinutes unterwegs. Ich habe mir eine kleine Mission auferlegt: Jedem, den ich treffe, empfehle ich ein handverlesenes Buch. Hätten Sie Lust, sich einmal auf einen Kaffee zu verabreden? Als Dank gebe ich Ihnen gerne einen Lektüretipp.«

Ohne groß nachzudenken, schickte ich die Nachricht ab. Gut möglich, dass ich eine Verwarnung von Facebook bekäme. Vielleicht würde er meine Nachricht auch ignorieren. Das musste ich in Kauf nehmen. Ich hatte nichts zu verlieren. Doch die Kraft der Unverbindlichkeit meiner geheimen Flirt-Technik schien zu wirken.

Sakuma-san schrieb mir ebenso locker und offen zurück:

»Hallo Nanako-san, danke für Ihre Nachricht. Für eine Buchempfehlung bin ich immer zu haben. Wo wohnen Sie denn? Dienstags und freitags passte es mir sehr gut, vorausgesetzt, ich bekomme keinen Auftrag rein.«

Erstaunlich, wie einfach es war, sich mit fremden Männern zu verabreden. Schon zwei Tage später saßen wir in einem Café im Stadtteil Nakano bei einem Kaffee.

Es war ein bedeutender Moment: Meine erste Verabredung, die nichts mit ThirtyMinutes zu tun hatte. Ich hatte den digitalen Kosmos endgültig hinter mir gelassen. Meine hehre Geistesübung hatte sich als perfektes Flirt-Werkzeug entpuppt. Hatte ich denn keine Skrupel, die Literatur so zu zweckentfremden? Vielleicht. Doch es lohnte sich. Die ganze Welt war nun mein Zuhause.

Sakuma-san amüsierte sich köstlich. »Ich mochte Ihre Aussage, dass Sie anderen Menschen Bücher als eine Art geistige Übung empfehlen. Erzählen Sie mir davon.«

Ich musste nicht lange überlegen.

»Einmal machte mich ein Mann zur Hauptfigur seiner Pornogeschichte, die er mir nach unserem Treffen schickte.«

Sakuma-san lachte. »Das ist nicht Ihr Ernst?«

Ich konnte es nicht fassen. Da saß ein großartiger Autor vor mir, dessen Artikel ich seit langer Zeit bewunderte, trank einen Kaffee mit mir, und wir plauderten, als seien wir alte Bekannte.

Es tat gut, endlich jemandem von der Sache mit Fujisawa-san zu erzählen, das nahm dem Vorfall seinen Schrecken. Wer hätte gedacht, dass der Schmuddelroman einmal eine amüsante Anekdote würde. Beinah war ich Fujisawa-san dankbar. Apropos Lüstlinge, da fiel mir ein, dass mir Tsuchiya-san seit unserem Treffen regelmäßig Nachrichten schrieb, die ungelesen in meinem Spam-Ordner landeten. Er klang wie ein Bot:

Hallo!

Hast du inzwischen einen Freund?

Wollen wir mal wieder zusammen essen gehen?

Was für ein Sommer, hast du viel zu tun?

Ich zeigte die Nachrichten Sakuma-san, der aus dem Lachen nicht mehr herauskam. »Das ist ja nicht zu fassen. Dieser Typ hat starke Nerven. Großartig, wie Sie ihn direkt zur Spam schicken.«

Selbst das Anbaggern dieses Weiberhelden hatte ich als Gesprächsaufhänger genutzt. Die Erleuchtung war nah.

Obwohl Sakuma-san viel schrieb und veröffentlichte, las er so gut wie keine Bücher. Das hatte ich nicht erwartet. Ich fragte ihn nach dem Grund, und er sagte schulterzuckend: »Ich bin an das schnelle Tempo des Internets gewöhnt. Dicke Bücher und lange Essays langweilen mich.«

Nach unserem Treffen saß ich an der Buchempfehlung für Sakuma-san und war unschlüssig. Aus seinen Worten konnte ich nicht ableiten, welche Art von Lektüre er bevorzugte. Ich entschied mich letzten Endes für eine Lyriksammlung moderner Haiku, herausgegeben von dem Dichter Sekishiro und dem Manzai-Komiker und Literaturpreisgewinner Naoki Matakichi. Der Titel der freien Versdichtung lautete: »Es gab keine frittierten Muscheln, also blieb ich fern«, denn ich fand, die Gedichte ähnelten im Ton Sakuma-sans Texten. Bestimmt würden ihn die Gedichte, die sich lasen wie Werbeslogans, und der zwischen Humor und Tragik wechselnde Ton begeistern. Mit etwas Glück würde ihn dieser

Band sogar von seiner Abneigung gegen gedruckte Bücher heilen.

Mein Übermut sprudelte über. Nicht mehr lange, und ich würde in der Lage sein, mich mit jedem Menschen auf der Welt anzufreunden. Berühmte Stars und Schriftsteller waren vielleicht eine Ausnahme, aber die interessierten mich auch nicht. Das Einzige, was zählte, war meine Neugier. Sobald ein Mensch sie weckte, war der Rest ein Kinderspiel. Die Welt stand mir offen.

Such dir einen aus, Nanako, sagte ich mir, halb zum Spaß, wen würdest du am liebsten kennenlernen?

Ich hielt inne.

Die Antwort lag auf der Hand.

Natürlich.

Konnte ich?

Wen, wenn nicht ihn?

Yamashita-san, der Inhaber meines Lieblingsbuchladens: der »Gake-Buchhandlung« in Kyoto.

* * *

Ich hatte die Gake-Buchhandlung auf einer Reise nach Kyoto entdeckt, ich muss um die zwanzig gewesen sein. Sie war nicht leicht zu finden. Ich fuhr mit dem Stadtbus stadtauswärts, ließ die belebten Touristenviertel hinter mir, bis ich an den äußersten Rand des Sakyō-Bezirks kam, wo sich kein Tourist mehr hin verirrte. Dort war sie, mitten in einer Wohnsiedlung, als hätte jemand sie aus Versehen dort fallen gelassen: die wunderbare »Gake-Buchhandlung« von Kenji Yamashita. Mit ihr war es wie mit diesen gut verborgenen

Geheimtipps Kyotos, denen man von außen nicht ansah, welche Schätze sie bargen. Doch diese Buchhandlung verriet auf den ersten Blick ihr Geheimnis. Schon das Gebäude selbst war höchst ungewöhnlich, die Fassade aus aufgeschichtetem Stein, die den Namen des Ladens symbolisierten: Gake, also »Klippe«. Das Markenzeichen des Buchladens war ein blaues Modellauto, das aus der Fassade herauszuschießen schien.

Ich betrat schüchtern den Buchladen und stand plötzlich in einem schummrigen Raum. Die gesamte Einrichtung war aus dunkelbraunem Holz, von irgendwo säuselte Acoustic Music mit seltsam unverständlichen Texten. Die gesamte Buchhandlung hatte diesen alternativen Flair, den ich so liebte. Ich schaute mich um und war auf Anhieb von dem ruhigen, kultivierten Chic verzaubert. Gake war das komplette Gegenteil von Village Vanguard, wo ich damals gerade angefangen hatte zu arbeiten.

In der Zeitschriftenecke fand ich eine Auswahl Avantgarde-Zeitschriften und Indie-Magazine, die ich noch nie in meinem Leben gesehen hatte und die mich magisch anzogen. Bei Village Vanguard hatten wir auch viele Bücher abseits des Mainstreams, doch mit diesem gehobenen und raffinierten Sortiment konnten wir nicht mithalten. Begeistert streifte ich durch den Laden, wanderte ziellos herum. Ich konnte mich nicht sattsehen. In einer Ecke stieß ich auf einen Stuhl und eine Akustikgitarre, auf der ein Zettel klebte, der zum Spielen einlud. Mir entschlüpfte ein Lachen. An einem Regal im hinteren Bereich der Buchhandlung klebte ein weiterer Zettel, die Schriftzeichen sahen aus, als hätte ein Grundschüler sie geschrieben. »Mein Schulausflug, von Kenji Yamashita, 6. Klasse«, stand da. Warum hing der Aufsatz hier? Ich begann zu lesen. In dem kindlich naiven Text kam eine verblüffende Weltsicht zutage und offenbarte die Verspieltheit und Exzentrik des Ladeninhabers, sodass man sofort verstand, wie das mit der beeindruckenden Titelauswahl in dem Buchladen zusammenhing, die ebenfalls eindeutig seine Handschrift trug.

Ich wollte nicht mehr in mein Hotel zurück. Hier war etwas, das mich in den Bann zog und mich nicht mehr losließ. Da verstand ich: Es war dieselbe magische Atmosphäre wie damals, als ich mit neunzehn zum ersten Mal Village Vanguard in Shimokitazawa betreten hatte. Village pries seine Bücher mit den witzigen, gelben Schildersprüchen an, Gake hingegen präsentierte sein Sortiment mit Feinsinn und Schöngeist. Ich hatte das Gefühl, die Buchauswahl sei eigens für mich getroffen worden.

Ich hätte ewig hier bleiben können. Erst als ich meinen Bücherstapel kaum noch tragen konnte, ging ich zur Kasse. Schließlich verließ ich den Laden mit so vielen Büchern, dass sie unmöglich in meinem kleinen Reisekoffer Platz finden würden. Nach dieser Initiation besuchte ich die Gake-Buchhandlung, sooft ich nur konnte. Aufgrund der Entfernung zu Tokio geschah dies jedoch nur ein oder zwei Mal pro Jahr.

Jedes Mal, wenn ich in den Regalen dort stöberte, fand ich einen Roman, einen Comic, etwas, nach dem ich mich insgeheim gesehnt hatte. Wenn ich den Laden verließ, schien ein Teil von mir dort zu bleiben, und wenn ich wiederkam, schien er mich gleich zu begrüßen, schön, dass du wieder hier bist. Es war, als wäre diese Buchhandlung ein Teil von mir geworden. Ich bewunderte die großartige Auswahl. Ich war wie verliebt.

Die Faszination, die der Laden auf mich ausübte, verblüffte mich. Bis auf Village Vanguard kannte ich damals noch nicht viele Buchläden, danach aber besuchte ich auch andere in Tokio und Kyoto. Jeder von ihnen erschien mir wunderbar, doch keiner rief dieses Gefühl atemloser Begeisterung in mir hervor wie die Gake-Buchhandlung. Ich konnte es mir nicht erklären.

Ein glücklicher Zufall wollte es, dass ich für einige Zeit nach Kyoto in die dortige Filiale von Village Vanguard versetzt wurde. Ich schwebte wie auf Wolken. Nun ging ich jeden Tag in die Gake-Buchhandlung.

Jedes Mal fand ich dort Bücher, die mich in ihren Bann zogen. Warum nur?, fragte ich mich. Was war es, das mich hier unwiderstehlich anzog? Ich schien mit Gake verschmolzen zu sein.

Damals war ich schüchtern und zurückgezogen, ich traute mich nicht, die anderen Mitarbeiter anzusprechen, fragte mich allerdings ständig, wer wohl der Geschäftsführer war. Der dort drüben? Oder vielleicht der da?

Eines Tages las ich ein Interview mit Yamashita-san, auf dem Foto schien er mich direkt anzusehen.

Mein Herz klopfte. Das war er also. Er klang wie ein Filmregisseur oder Schriftsteller. Mehr brauchte ich nicht zu wissen.

Es schien Schicksal zu sein, dass mir ausgerechnet Yamashita-san in den Sinn kam, als ich mich nach meinem Gespräch mit Sakuma-san fragte, wen ich am liebsten auf der Welt kennenlernen wollte. Die Zeit war gekommen, mich meiner größten Angst zu stellen und Yamashita-san endlich kennenzulernen!

Ich setzte mich vor meinen Computer und begann, ihm eine kurze E-Mail zu schreiben. Erst stellte ich mich vor und beschrieb ihm, dass ich seinen Laden schon lange kannte und liebte. Ich schrieb, ich würde mich sehr freuen, ihn einmal persönlich kennenzulernen, dreißig Minuten, mehr nicht, würden mir genügen. Ich schilderte ihm, wie ich zum ersten Mal die Gake-Buchhandlung betreten und wie sie mich verzaubert hatte. Wie sehr ich die Buchhandlung liebte, wie oft ich dort war, dass ich beinahe davon besessen sei und –

Ich brach die Nachricht ab. Je mehr ich schrieb, desto banaler erschienen mir meine Worte. Wie konnte ich ihm nur erklären, wie viel mir seine Buchhandlung bedeutete? Warum war es nur so schwierig, in Worte zu fassen, was man liebte? Ich verwarf die Mail.

Noch nie hatte ich mich so geschämt wie bei meinem Versuch, Yamashita-san zu schreiben. Keine meiner Verabredungen, auch nicht Kuroiwa-san oder Sakuma-san, hatte diese innere Blockade hervorgerufen. Bei ihnen hatte ich nichts zu verlieren, das gab mir Freiheit, und prompt war ich so mutig wie nie zuvor.

Doch in der Gake-Buchhandlung schlug quasi mein literarisches Herz. Sollte Yamashita-san mich abweisen, würde ich das nur schwer verkraften.

Doch es half nichts. Ich war nun schon so weit gekommen. Ich war bereit. Natürlich hätte ich Yamashita-san lieber auf anderem Wege kennengelernt, nicht so unpersönlich über das Internet. Doch das hier war meine einzige Chance. Falls er dachte, ich sei ein verwirrtes Groupie oder eine Spinnerin, dann war es eben so. Ich konnte es sowieso nicht beeinflussen, wie er meine Nachricht aufnahm. Ich atmete tief durch. Es wäre in Ordnung, wenn meine Nachricht unbeantwortet blieb. Mehr konnte ich nicht tun. Ich wurde ruhig und begann zu schreiben.

»Yamashita-san, es würde mich freuen, Sie kennenzulernen. Ich heiße Nanako Hanada, bin Buchhändlerin und liebe Ihren Buchladen. Ich werde nächsten Monat in Kyoto sein, falls Sie am 20. oder 21. Zeit haben, würde ich Sie sehr gerne treffen. Falls Sie keine Zeit haben oder diese Nachricht ungelegen kommt, habe ich dafür vollstes Verständnis. Sie brauchen mir nicht zu antworten.«

Ich hatte nicht vor, nach Kyoto zu fahren, doch ohne ein konkretes Datum würde aus unserem Gespräch nichts werden. Sollte er zusagen, würde ich umgehend ein Zugticket buchen. Wie ich auf diese Daten kam? An einem der beiden Tage war mein Geburtstag. Ich hatte mir also das potenzielle Treffen mit Yamashita-san zum Geburtstagsgeschenk gemacht.

Als ich auf Senden klickte, überfiel mich ein unerträgliches Schamgefühl. Doch es war zu spät. Die Nachricht war bereits auf dem Weg zu ihm.

* * *

Zeitsprung, einen Monat später.

Ich war in Kyoto.

Vor mir saß Yamashita-san.

Wir hatten uns in einer kleinen, gemütlichen Kneipe getroffen, in die er gerne einkehrte. Das Essen war ausgezeichnet, zugleich unprätentiös, die Warmherzigkeit des Inhabers war in jedem Winkel zu spüren. Das erinnerte mich an die Gake-Buchhandlung.

Ich war fürchterlich nervös, und mein Körper zeigte es. Meine Kehle war ausgetrocknet und der Hals wie zugeschnürt. Ich wusste nicht, was ich sagen sollte, wenn Yamashita-san mich nach dem Anlass unseres Treffens fragte. Ich hatte keinen konkreten Grund, außer ihn kennenlernen zu wollen. Das konnte ich ihm natürlich schlecht sagen.

Ich musste mir keine Sorgen machen. Yamashita-san gab mir das Gefühl, als wären wir alte Bekannte. Er erkundigte sich, wie lange ich schon bei Village Vanguard war und in welchem Jahr ich in Kyoto gearbeitet hatte. Ich war erleichtert, dass er das Eis brach, denn ich fühlte mich zu Beginn unseres Treffens wie ein grünes, schleimiges Ungeheuer. Ich schwitzte fürchterlich am ganzen Körper, und ich fürchtete einen Moment lang, in Ohnmacht zu fallen. Yamashita-san strahlte indes solch eine Ruhe und Offenheit aus, dass ich während unseres Gespräches langsam wieder in meinen Körper zurückkehrte. Mein Atem beruhigte sich, und ich kam zu mir.

Tausend Fragen hatte ich an ihn! Wir redeten unentwegt. Yamashita-san stellte mir sehr persönliche Fragen und erzählte bereitwillig von seiner Kindheit, wie er die Gake-Buchhandlung gegründet hatte, von seiner Zeit als Herausgeber erotischer Romane. Wir lachten viel, wir hätten uns ewig so weiter unterhalten können. Yamashita-san begegnete mir auf Augenhöhe, ganz so, als sei ich eine ernst zu nehmende Buchhändlerkollegin. Das war neu für mich.

Und wir redeten über Bücher. Über Bücher, die wir liebten, über Bücher, die sich nicht gut verkauften, obwohl wir sie liebten, über Bücher, die sich besonders gut verkauften, obwohl wir sie fürchterlich fanden. Wir sprachen über den Minimalismus-Trend, der sich in der Buchbranche in reduzierten weißen Buchcovern widerspiegelte, wir sprachen über kunstvoll kuratierte Buchhandlungen mit hohem, literarischem Anspruch, über sein eigenes Sortiment. Ich fragte ihn, nach welchen Kriterien er seine Bestellungen zusammenstellte.

Er gab mir bereitwillig Antwort: »Die Lesevorlieben meiner Kunden sind mein wichtigstes Auswahlkriterium, mein persönlicher Geschmack ist zweitrangig.«

Das überraschte mich.

»Ihre Kunden kommen doch Ihretwegen in die Buchhandlung«, sagte ich, »sie möchten lesen, was Sie ausgewählt haben.« Für mich war die Gake-Buchhandlung Yamashita-san und Yamashita-san die Gake-Buchhandlung. Wie konnte man die beiden trennen?

Gegen 23 Uhr waren wir die letzten Gäste im Restaurant. Der Laden war bereits dabei zu schließen, doch Yamashita-san schien keine Anstalten zu machen zu gehen. Ich konnte mich auch nicht dazu bringen, unser Gespräch zu beenden. Er hörte mir zu und gab mir hier und dort Ratschläge und Hinweise wie ein Vater seinen Kindern.

Kurz bevor wir gingen, wusch ich mir in der Gästetoilette des Restaurants die Hände und schaute in den Spiegel. Für einen Moment dachte ich, ich hätte eine Fee gesehen. Ich leuchtete. Ich erkannte mich fast nicht wieder.

Nun war es aber wirklich Zeit zu gehen. Da Yamashita-san mit dem Fahrrad gekommen war, begleitete er mich noch ein Stück, denn meine Unterkunft lag auf seinem Rückweg. Vor dem Hotel angekommen, bedankte ich mich für seine Zeit, und wir verabschiedeten uns. Er stieg auf sein Rad und fuhr davon. Ich schaute seiner immer kleiner werdenden Gestalt noch lange hinterher.

Danach, in meinem Hotelbett, war an Schlaf nicht zu denken. Ich starrte an die Decke, mein Herz schlug wie verrückt. Dann überrollte mich aus dem Dunkeln, mit einiger Verzögerung, eine riesige Welle der Euphorie. Ich hätte schreien und jubeln können vor Glück.

Etwas Wunderschönes war geschehen.

Dieser Abend hatte mich unbewusst – es war nur eine leise, innere Vorahnung – zu einer Entscheidung geführt. Ich hatte sozusagen den fehlenden Buchstaben in einem Kreuzworträtsel gefunden, der auf einen Schlag die Lösung war für alle anderen Leerstellen.

Ich war so weit.

All die Fragen, die mich mein Leben lang gequält hatten, die mich in meinen Konturen verschwimmen ließen –

Wollte ich heiraten?

Wollte ich Kinder? Wollte ich eine Karriere? –,

waren plötzlich bedeutungslos. An diesem Abend hatte ich meine ganz eigene Lebensfrequenz gefunden, und nun strömte eine elektrisierende Energie durch meine Konturen und ließ mich von innen heraus aufleuchten.

All die Fragen waren unbedeutend. Ich wollte kein gewöhnliches Leben. Ich wollte keine Beziehung, kein sicheres Einkommen, keine Stabilität. Ich wollte nichts davon. Das Licht, das in mir leuchtete, würde mir den Weg weisen. Mehr brauchte ich nicht.

Ich hatte die Konturen meines eigenen, persönlichen Glückes gefunden.

Dank dieses Abends. Dank Yamashita-san.

7

Der Grand Prix der Buchempfehlungen

Es wurde Winter.

Zehn Minuten vom Bahnhof Yokohama, inmitten eines ruhigen Wohngebietes, befand sich das Café Hesomagari – »Querkopf«. Es war ein altes, traditionelles Stadthaus, keines dieser renovierten Lagerhäuser, die zurzeit so beliebt waren. Etwas heruntergekommen, erinnerte es mich an das Haus meiner Großeltern aus meiner Kindheit.

Den Inhaber des Hesomagari hatte ich einmal bei Esaki-san im Co-Working-Space getroffen. Er war früher ebenfalls Filialleiter eines Village Vanguard gewesen, und wir verstanden uns auf Anhieb ausgezeichnet. Ich ging gerne ab und zu bei ihm im Café vorbei. Das Hesomagari besaß ein ganz eigentümliches Ambiente, sodass man beim Eintreten dachte, in einem Zauberland gelandet zu sein. Ich, die ich die lockere, unkomplizierte Art der Tech-Leute und die nerdige Zerstreutheit der Buchladeninhaber kennen- und lieben gelernt hatte, fühlte mich sofort zu Hause. Ein Wolkenkuckucksheim in der riesigen Stadt.

Das Café war mit Tatamimatten ausgelegt, überall verstreut lagen durchgesessene Sitzkissen, dazu niedrige Tische, sogar ein Kotatsu, einen dieser beheizbaren Tische für die kalten Wintertage, gab es. An den Wänden standen Bücherregale voller Manga, vergilbt und abgegriffen, ich durchstöberte sie neugierig. Hier und da klebten lustige, handgeschriebene Zettel an den Bücherrücken, und erfreut entdeckte ich einige Werke, die ich schon lange hatte lesen wollen. Im Hesomagari konnte man stundenlang den Kopf in ein Manga stecken, sich bei einem Schnaps mit dem Inhaber und anderen Gästen unterhalten, und es gab sogar eine Spielkonsole.

Die meisten Gäste waren Menschen, die ihren Platz außerhalb der Gesellschaft gefunden hatten, viele waren leidenschaftliche Literatur- und Musikfans der Sechziger- und Siebzigerjahre. Oft, wenn ich kurz vorbeischaute, war gerade ein Konzert eines Liedermachers im Gange. Ich liebte diesen Ort, er erinnerte mich an das Village Vanguard von früher. Er gab Außenseitern ein Zuhause, die von der Gesellschaft übersehen oder ausgestoßen waren.

Eines Tages erzählte mir der Caféinhaber, er wolle ein kleines Literaturevent veranstalten, und fragte, ob ich Lust habe mitzumachen? Er suche schon seit Längerem nach Lektüretipps, seine Leseliste sei erschöpft. Er wollte einen kleinen Wettbewerb veranstalten, bei dem der beste Buchtipp gewinnen sollte. Ich war sofort begeistert.

Meine drei Mitbewerber waren Tweed-san, Inhaber einer Antiquitätenbuchhandlung in Yokohama-Hakuraku, Sonton-san, der in einem Buchladen arbeitete und seine eigene Literaturzeitschrift herausgab, sowie Shinji-kun, damals Dauergast im oberen Stockwerk des Hesomagari. Am Abend des Wettstreits der Bücher gesellten sich auch einige Stammgäste zu uns. Wir saßen um einen der niedrigen Tische herum, der Inhaber am Kopf, und um uns herum versammelten sich die neugierigen Zuschauer.

Ich trat mit meiner Geheimwaffe an, zwei Romanschätzen, die ich mir für besondere Momente wie diesen aufgespart hatte.

Der Wettkampf war eröffnet. Ich zückte das erste Buch. »Meine Empfehlung Nummer eins«, sagte ich und legte das Buch auf den Tisch, »ist die Kurzgeschichtensammlung ›Tourismus‹ des thailand-stämmigen US-Amerikaners Rattawut Lapcharoensap.«

Ein besseres Buch hätte ich nicht finden können. Zum einen war es grandios geschrieben, zum anderen war der Autor außergewöhnlich. Das Buch spielte in Thailand, das war selten genug, und sein Schöpfer war nach Erscheinen des Werkes zwischenzeitlich spurlos verschwunden. Ich war mir sicher, dass dies allein die Leute neugierig machen würde. Ich machte mich bereit.

»Die Kurzgeschichten spielen in Thailand und schildern eindrucksvoll die Lebensrealität der Menschen, die in großer Armut leben. Viele der Erzählungen enden zwar tragisch, doch das betont umso mehr die schillernden Figuren, die im Hier und Jetzt ein erfülltes Leben suchen. Die unumstößliche Kraft der Hoffnung, die jede der Kurzgeschichten durchdringt, bleibt einem auch nach dem Lesen lange in Erinnerung.«

Ich schaute mich um, wollte die Reaktionen meiner Zuschauer einfangen. Gut. Ich fuhr fort: »Lapcharoensap ist in Japan relativ unbekannt, wird jedoch von Liebhabern ausländischer Literatur hochgeschätzt. Wer Übersetzungen meidet, dem kann ich versichern, dass sich das Buch eloquent und großartig liest.« Ich gab das Buch zur Ansicht ins

Publikum. Die Leute begutachteten es neugierig, während es durch die Reihen wanderte. »Klingt spannend«, sagte einer, »Noch nie davon gehört«, ein anderer.

Gut. Ich holte zum nächsten Schlag aus. »Besonders ans Herz legen möchte ich euch die Kurzgeschichte ›Das Café Lovely‹ über zwei Brüder, die das erste Mal in ein Bordell gehen wollen. Ich will nicht zu viel verraten, aber die Entwicklung ist großartig angelegt, vom Rausch des Überschwangs verlassen, beginnt der erste Bruder zu zaudern und verliert schließlich den Mut. Der zweite Bruder lässt sich von ihm anstecken, sodass ihr ehemals mutiges Vorhaben in einer Flucht auf dem Moped zurück ins sichere Elternhaus endet. Ebenfalls lesenswert ist die letzte Erzählung: ›Der Meister des Hahnenkampfes‹.« Ich wartete einen Moment, bis alle Zuschauer das Buch einmal in der Hand hatten und es schließlich beim Inhaber angelangt war. Dann fuhr ich fort. Nun wurde es interessant.

»Empfehlung Nummer zwei ist der Roman ›Jugend und Perversion‹ von Makoto Aida. Vielleicht kennt ihr Aida, er ist Künstler und Autor, vor Kurzem hat er mit seiner viel rezensierten Ausstellung ›Entschuldigt mein Genie‹ für Wirbel gesorgt.

›Jugend und Perversion‹ ist ein Meisterwerk, mit dem Sujet balanciert er jedoch äußerst gewagt und provokant ständig an der Grenze zum Tabubruch.«

Ich machte eine kurze Pause, um meine Worte wirken zu lassen. Das Buch war wahrlich nicht für jedermann, dessen war ich mir bewusst, doch ich war mir sicher, dass ich mit den Anwesenden das richtige Lesepublikum vor mir hatte.

»Wir begegnen im Roman den Aufzeichnungen eines Schülers kurz vor dem Schulabschluss, der während eines

Skilagers seine ersten sexuellen Erfahrungen macht. Die Erzählstimme ist so stark, dass man sich fragt, ob Aida selbst hier nicht seine Erfahrungen vor uns ausbreitet.«

So weit, so gut. Das klang unschuldig.

»Doch wenn man weiterliest, merkt man rasch, dass es sich hier nicht um die unschuldigen Fantasien eines Oberschülers handelt. Im Laufe des Romans wird klar, dass wir einem Fäkalfetischisten lauschen, der sich danach verzehrt, seiner Geliebten beim Defäkieren zuzuschauen. Vielleicht fragt ihr euch, weshalb ich euch so eine Geschichte empfehle – ich kann euch versichern, das hat nichts mit meinen persönlichen Präferenzen zu tun.« Ein paar Leute lachten. »Dieser Roman ist ein Leseexperiment. Er konfrontiert uns radikal mit unserem Ekel, unseren Tabus. Mehr als einmal wollte ich das Buch weglegen, so sehr gruselte es mich. Doch der Autor ist raffiniert, er weiß, uns trotz des Ekels zu fesseln. Wenn man meint, man könne es nicht mehr ertragen, verführt er uns virtuos zum Weiterlesen. Diese Fähigkeit allein ist beeindruckend. Den Schluss verrate ich nicht, doch er endet mit einem meisterhaften Kunstgriff. So etwas hat man noch nicht gelesen.«

Der Inhaber des Hesomagari schien von meiner Empfehlung angetan zu sein. Ich war guter Dinge.

Meine Herausforderer machten es mir wahrlich nicht einfach, ihre Buchauswahl war exzellent. Dabei waren ein Lyrikband des Tanka-Dichters Hiroyuki Sasai, der fantastische Roman »Die Wolkensammler« des Autorenduos Craft Ebbing & Co, ein philosophisches Werk namens »Der Greis und der Junge« und die religiöse Abhandlung »Gespräche mit Gott«. Ich war begeistert. Jedem meiner Mitstreiter merkte man an, mit welch großer Leidenschaft sie ihre Bücher ausgewählt hatten. Am liebsten hätte ich jedes Buch sofort verschlungen.

Der Inhaber ließ sich Zeit bei der Auswahl des Gewinners. »Jugend und Perversion« gewann den Leselust-Wettbewerb. Damit war der offizielle Teil des Abends beendet, doch wir blieben noch lange sitzen und redeten. Nun hatte ich Gelegenheit, mit den drei anderen ins Gespräch zu kommen.

»Das war herrlich. Es gibt doch nichts Schöneres als eine gute Buchempfehlung«, sagte Sonton-san vergnügt.

»Ja, wir sollten das wiederholen«, sagte Tweed-san, der Antiquar.

Ich hatte eine Idee. »Wie wäre es, wenn wir nächstes Mal die Runde für alle öffnen? So hätte jeder im Publikum eine Chance, eine Buchempfehlung von uns zu bekommen.«

Tweed-san nickte zustimmend. »Guter Gedanke, Nanako. Das könnte funktionieren.«

Meine spontane Idee entwickelte sich schnell weiter. Unsere Gedanken überschlugen sich.

»Wir könnten wie heute das Kotatsu als unsere Beratungsstelle benutzen. Wir Buchberater auf der einen Seite, die Ratsuchenden auf der anderen.«

»So könnten wir einen Gast nach dem anderen aufrufen, wie beim Arzt. Vielleicht sollten wir eine Buchpatientenkartei anlegen.« Wir lachten. Es war beschlossene Sache.

Da ich die Idee gehabt hatte, wurde ich offiziell zur Organisatorin ernannt. Wir würden die Veranstaltung unter den Gästen des Hesomagari bewerben, einen geringen Eintritt nehmen und dann einen Abend lang unsere bibliophilen Ratsuchenden mit Lektüretipps versorgen.

Ich machte mir Gedanken. Vor einem Jahr wäre so eine Rolle für mich undenkbar gewesen. Ob ich der Herausforderung wirklich gewachsen war? Was, wenn niemand kam? Würden wir dem kultivierten Lesegeschmack der Hesomagari-Kundschaft gerecht werden können? Ein Buchempfehlungsgremium am Kotatsu, was für eine verrückte Idee. Mir war etwas bang, doch die Vorfreude überwog bei Weitem.

Wir hängten Veranstaltungsankündigungen im Café aus und bewarben sie auf der Webseite des Hesomagari. Würde unser Konzept aufgehen, oder würden wir uns blamieren? Wie waren erleichtert, als die Stammgäste des Cafés und einige Freunde aus dem Co-Working-Space reges Interesse bekundeten. Wie schön, dass sich so viele Leute für unser kleines bibliophiles Experiment interessierten. Es konnte losgehen.

Am Vorabend des großen Tages kam ich nach Hause und fand einen Anruf in Abwesenheit von meinem Vater. Ich schluckte. Das war kein gutes Zeichen. Er rief sonst nie an. Gewöhnlich kommunizierten wir nur über kurze Textnachrichten. Beunruhigt rief ich ihn zurück. Er meldete sich sofort. »Nanako, gut, dass du dich meldest.« Seine nächsten Worte trafen mich wie ein Schlag. »Dein Großvater ist heute verstorben.«

Mein Großvater war schon eine Weile nicht mehr bei guter Gesundheit. Erst eine Woche zuvor war ich bei ihm gewesen. Er schlief, daher war ich nach einer kurzen Weile wieder gegangen. Zum Abschied hatte ich ihm laut und mit fester Stimme gesagt, nächstes Mal würden wir in unsere Lieblingskneipe gehen. Ich war mir sicher, dass ihn meine Worte im Schlaf erreichten.

Mein Vater holte mich aus den Gedanken. »Morgen wird die Totenwache stattfinden. Können wir mit deiner Anwesenheit rechnen?«

»Morgen?«, stammelte ich. »Ja … Also … Eigentlich habe ich etwas vor. Oje.«

Wie konnte ich ihm sagen, dass morgen die geplante Literaturveranstaltung stattfand? Das wäre pietätlos. Was sollte ich nur tun? Meine Familie lebte nicht weit entfernt, nur rund eine Stunde mit der Bahn. Diese Ausrede würde also nicht ziehen. Ich konnte ihm unter keinen Umständen sagen, dass ich schon einen Termin hatte. Das wäre genauso unangebracht.

Meine ausbleibende Erklärung hatte meinen Vater entweder fassungslos gemacht, oder er hatte die Geduld verloren. »Verstehe. Wie du meinst«, sagte er und legte auf.

Ich war vollkommen aufgelöst. Sollte ich zu der Totenwache gehen? Was würde dann aus unserer Veranstaltung? Ich hatte mich so sehr darauf gefreut.

Ich schrieb meinen beiden Mitstreitern, Sonton-san und Tweed-san:

»Ich habe eben die Nachricht erhalten, dass mein Großvater heute verstorben ist. Morgen ist die Totenwache. Was sollen wir nur tun? Meint ihr, es wäre besser, unsere Veranstaltung zu verschieben? Dabei haben sich so viele Leute angemeldet.« Ich wusste nicht mehr weiter.

Ihre Antwort ließ nicht lange auf sich warten:

»Mach dir keine Sorgen, Nanako. Was auch immer du tun willst, wir stehen hinter dir. Unsere Gäste werden es ebenfalls verstehen. Wir können die Veranstaltung verschieben. Tue, was für dich am besten ist.«

»Ich kann mich darum kümmern, den angemeldeten Leuten Bescheid zu geben. Das bekommen wir hin.«

Ich wischte mir beim Lesen über die Augen. Ihre freundlichen Worte rührten mich.

Da ich das Problem nicht sofort lösen würde, versuchte ich zu schlafen. Vergebens. Ich bekam kein Auge zu. Meine Gedanken rasten. Nach einer Weile stand ich auf, streifte meinen Mantel über den Pyjama und verließ das Haus. Die Straßen waren ruhig. Mein Lieblingsspaziergang führte von meinem Haus zum Minato-Mirai-Hafenbezirk von Yokohama. Die Straße, die zum Hafen führte, sah aus wie aus einem Endzeitfilm. Rechts und links der Straße wuchsen auf weiten unbebauten Flächen wilde Gräser und Büsche. Die imposante Stadtautobahn auf ihren hohen Pfeilern kreuzte sich hier mehrmals. Ab und zu ragte auf den leeren Flächen ein einzelnes Hochhaus oder ein Bahnhofsgebäude in die Höhe. Dieser Teil von Yokohama wirkte beinahe futuristisch. Überall Stille. Lange Zeit lief ich ziellos durch die menschenleere Stadt.

Mein Großvater hatte mir sehr nahegestanden. Die meisten Menschen in meiner Familie waren wie auch meine Mutter und mein Vater eher ernst und streng. Nur mein Großvater und ich stachen hervor wie bunte Hunde. Wir waren beide verträumt und lebenslustig. Als Studentin traf ich ihn oft zufällig in der letzten Bahn nach Hause. Wie ich liebte er es, sich in einer Kneipe nach Herzenslust zu betrinken.

Der Rest der Familie schüttelte nur den Kopf über uns. Was trieben wir immer bis weit nach Mitternacht? Warum mussten wir bis spätabends in der Stadt herumstreunen?

Ich erinnerte mich gerne an die Nächte mit ihm, wie wir,

leicht angetrunken wie zwei Kleinkriminelle, den kurzen Weg nach Hause entlangtorkelten.

Mein Großvater hatte eine Stammkneipe, eine urige kleine Kneipe in Asakusa namens »Kamiya Bar«. Die Leute kannten ihn, darauf war er stolz. Als ich noch jünger war, pflegte er zu mir zu sagen, dass ich meinen ersten Freund unbedingt mit in seine Kneipe bringen solle, damit er ihn kennenlernen könne. Seine einzige Sorge im Leben, so betonte er, war, dass ich eines Tages nicht mehr mit einem alten Rentner wie ihm gesehen werden wollte. Das war unser Spiel. Jedes Mal antwortete ich ihm, dass das niemals passieren würde, bald schon wollte ich ihm meinen ersten Freund vorstellen.

Das war so lange her.

Inzwischen erschien es mir wie ein längst vergessener Traum.

Ich hatte ihm seinen Wunsch erfüllt und ihm meinen ersten Freund vorgestellt. Auch das war sehr lange her, an sein Gesicht konnte ich mich kaum mehr erinnern. Ich war froh, mein Wort gehalten zu haben, obwohl ich sonst oft meine Versprechen vergaß. Instinktiv hatte ich gespürt, dass ich es sonst mein Leben lang bereuen würde.

Als ich zu Hause auszog, hörte ich auf auszugehen, und auch meinen Großvater sah ich nicht mehr oft. Ich hätte noch viel öfter mit ihm in seine Lieblingsbar gehen sollen. Ich hätte viel öfter mit ihm reden sollen. Nun war er nicht mehr hier. In meiner Brust zog es sich schmerzhaft zusammen. Ich seufzte.

Sollte ich zur Totenwache gehen? Doch was war dann mit der Veranstaltung? Wir hatten so viel Zeit und Mühe investiert. Konnte ich es mir erlauben, mich gegen meine Familie zu entscheiden? Oder würde ich auch das bereuen? Die Gedanken drehten sich unaufhörlich in meinem Kopf. Mir wurde schwindlig.

Als ich dachte, ich könne es nicht mehr länger ertragen, tauchte eine Stimme in mir auf.

Mein Großvater, mein Trinkkumpan, hätte mir bestimmt geraten, mir treu zu sein. Er hätte sich gefreut, dass ich meine Freiheit genoss. Zumindest wollte ich das glauben.

Ich würde also die Veranstaltung nicht absagen. Mein Großvater hätte sicher gewollt, dass ich meine gesamte Kraft in diesen nächsten Schritt steckte. Der war mir wichtig. Wenn ich mich hier ernst genug nahm, würde mich das bei meiner nächsten schweren Entscheidung sicherlich stärken.

Mein Großvater war dement gewesen, gut möglich, dass er sich nicht mehr an unsere kleine verschworene Gemeinschaft erinnert hatte. Doch ich wollte glauben, dass wir Freiheitsliebenden im Geiste weiter verbunden waren.

Auf die Freiheit, lieber Opa, dachte ich. Es tut mir leid. Bitte verzeih mir.

Am nächsten Morgen erstrahlte der Himmel tiefblau, als ich die Fenster nach dem Aufstehen öffnete. Ich teilte meinen Mitstreitern meine Entscheidung mit:

»Es bleibt alles wie geplant. Bitte entschuldigt die Aufregung.«

Ich fühlte eine große Erleichterung, als ich die Nachricht abschickte. Alles war gut. Es war die richtige Entscheidung. Unsere Literaturberatung würde großartig werden. In mir kippte der erste Dominostein in einer Reihe, deren Ende ich noch nicht erkennen konnte.

Ich war bereit.

Nicht mehr lange, und der Vorhang zu meinem großen, freien Leben würde sich öffnen. Der Literaturabend würde erst der Anfang sein.

* * *

In dem kleinen Café drängten sich die Menschen, um noch einen Platz zu ergattern. Ich erkannte ein paar bekannte Gesichter, doch viele der Anwesenden sah ich heute zum ersten Mal. Einige hatten es sich an unserem Kotatsu, den wir für die Literaturberatung benutzen wollten, gemütlich gemacht, tranken ein Bier und unterhielten sich angeregt. Die Luft summte vor Gesprächen. Alle schienen sich auf ihre Leseberatung zu freuen.

Als es Zeit wurde, musste ich beinahe schreien, um mir Gehör zu verschaffen.

»Vielen Dank, dass Sie alle heute so zahlreich gekommen sind«, begann ich, und die Menge wurde leiser. »Wir wollen jetzt mit unserer Lektüreberatung beginnen. Da wir heute so viele sind, werden wir uns zehn Minuten pro Person nehmen, damit alle die Gelegenheit haben, dranzukommen. Ich werde Sie der Reihe nach mit Namen aufrufen. Setzten Sie sich dann gerne zu uns an das Kotatsu.«

Damit waren die Spiele eröffnet.

Viele meiner ThirtyMinutes-Bekanntschaften waren nicht besonders an Literatur interessiert gewesen, die Gäste des Hesomagari hingegen spielten in einer völlig anderen Liga. Die meisten Anwesenden waren passionierte Literaturliebhaber und Vielleser, hatten ihre Genrepräferenzen und lasen nur ausgewählte Werke. Die Geschwindigkeit und Virtuosität der Gespräche war mit denen bei ThirtyMinutes nicht zu vergleichen. Sobald sich jemand zu uns an das Kotatsu gesellte, ging es sofort zur Sache.

Unsere erste Kandidatin war die neunzehnjährige Studentin Yūka. Sie setzte sich zu uns und schaute uns erwartungsvoll an.

Ich ergriff das Wort. »Wissen Sie schon, welche Art von Buch Sie suchen?«

Sie dachte kurz nach. »Gerne einen Liebesroman«, sagte sie dann.

Meine Mitstreiter und ich berieten uns kurz mit gesenkten Stimmen.

»Welche Bücher lesen Sie denn normalerweise gerne?«, fragte ich dann nach.

»Yukio Mishima zum Beispiel«, sagte Yūka. »An der Universität sprachen wir letzte Woche über ›Der siebte wandernde Offizier‹ von Midori Osaka. Unser Dozent meinte, dass die Romanfiguren in die Liebe verliebt seien. Das hat mich zum Nachdenken gebracht. Was ist Liebe eigentlich?«

»Beschäftigt dich das auch persönlich?«, fragte ich sie.

»Ja, es gibt da jemanden …«, sie lächelte verlegen, »aber er interessiert sich für eine Kommilitonin, die allerdings vergeben ist. Ich hatte mir erst Hoffnung gemacht, doch dann machte seine Angebetete Schluss mit ihrem Freund, und die beiden kamen zusammen. Es dauerte allerdings nicht lange, bis sie zu ihrem Ex zurück ist. Nun ist er am Boden zerstört.«

Wir hörten ihr zu und besprachen uns dann nochmals miteinander. Als wir sicher waren, dass wir ein gutes Buch gefunden hatten, wandte ich mich an die unglücklich verliebte Yūka.

»Wir würden dir gerne den Roman ›Die Schneiderin‹ von Yuki Kurida vorschlagen. In dem Roman verliebt sich die Schneiderin Telmy in die trans Sängerin Sinai, deren Kleider sie für ihre Auftritte näht. Ihre Liebe bleibt unerwidert, doch der Roman beschreibt einfühlsam, wie man sich klar und stolz mit seinen Gefühlen auseinandersetzen kann. Wir glauben, dass dir das Buch in deiner verzwickten Lage eine tröstende Begleitung sein kann.«

»Das klingt toll!« Yūka war begeistert.

Treffer, jubelte ich innerlich. 1:0 für uns.

Mein Mitstreiter Sonton hatte noch eine Idee: »Falls du mehr über die männliche Psyche lesen willst, empfehle ich dir ›Die Nacht ist kurz, lauf, mein Mädchen‹ von Tomihiku Morimi und ›69‹ von Ryū Murakami. Und als besonderen Tipp die Essaysammlung von Keigo Higashino, ›Wir waren damals töricht‹. Du wirst sehen, Männer verstehen Frauen ebenso wenig und quälen sich genauso.«

Seine Empfehlung erinnerte mich an ein weiteres Buch.

»Um Liebe geht es auch bei ›Das weiße Zeichen‹ von Kanako Nishi«, sagte ich. »In dem Roman werden alle Menschen schneeweiß, wenn sie sich unglücklich verlieben. Die Autorin versteht es ausgezeichnet, diesem Schmerz Ausdruck zu verleihen.«

»Das erinnert mich an Platons ›Synposion‹«, ergänzte Tweed-san, der Antiquar. »Dort spricht er ausführlich über den Unterschied zwischen körperlicher und geistiger Liebe. Übrigens stammt aus diesem Buch der Ausdruck der platonischen Liebe.«

Yūka lauschte gebannt unseren Vorschlägen. »Danke für

eure Empfehlungen«, sagte sie dann. »Ich habe noch nie über die unterschiedlichen Arten von Liebe nachgedacht. Ich bin wirklich gespannt auf die Bücher!«

Damit waren die zehn Minuten abgelaufen. Wir hatten die erste Runde geschafft.

Als Nächstes schlüpfte Asako-san, eine junge Frau und ein Stammgast des Cafés, zu uns unter das Kotatsu. Jeder mochte sie, sie war so etwas wie die gute Seele des Hesomagari.

»Was für eine wunderbare Veranstaltung«, sagte sie. »Ich möchte euch fragen, welche Bücher ihr mir rein nach meinem Aussehen empfehlen würdet.« Sie lächelte ihr verschmitztes Lächeln.

Ohne dass wir uns abgesprochen hätten, riefen wir nahezu im Chor: »Großartige Frage! Ich würde gerne antworten!«

Was für eine aufregende Herausforderung! Man spürte förmlich, wie die Spannung im Publikum wuchs.

Tweed-san fasste Mut und startete den ersten Versuch: »Für mich siehst du wie jemand aus, der gerne die Meisterin des magischen Realismus, Yōko Ōgawa, liest.«

»Ich weiß genau, was du meinst«, wandte ich mich an Tweed und drehte mich zurück zu Asako. »Für mich bist du eine Yuriko Takedo oder Françoise Sagan.« Asako lächelte, also fuhr ich fort: »Zum Einstieg würde ich dir Takedos ›Das Fuji-Tagebuch‹, über ihr Leben am Fuße des Fuji-san empfehlen, und natürlich ›Bonjour Tristesse‹. Das emotionale Repertoire an jugendlicher Reife und tiefer Verzweiflung findet man in der japanischen Literatur selten.«

»Du wirst dich vor Verehrern kaum retten können, wenn du dich mit Sagan in ein Café setzt«, sagte Sonton-san mit einem Augenzwinkern.

Wir begannen, vom Thema abzuschweifen, doch das schien Asako-san nicht zu stören. Im Gegenteil, sie schien äußerst interessiert, wie sie mit dem richtigen Buch möglichst viele Verehrer gewinnen könnte.

Sonton-san hatte noch eine Idee: »Falls dich Manga interessieren, erinnerst du mich an die Comicautorin Fumiko Tanikawa. Ihre Kurzgeschichten handeln immer wieder von der Liebe in all ihren Facetten. Meine persönliche Empfehlung ist der Band ›Nur Mut‹. Eine der Erzählungen basiert auf einem Tanka-Gedicht, seitdem liebe ich Tanka. Damit kommst du bestimmt auch gut an.«

Asako lachte und bedankte sich. »Wer hätte gedacht, dass Literatur so nützlich sein kann?«

Diese unerwartete Wendung unserer Buchberatung amüsierte mich. Wie erfolgreich wir waren, hing viel davon ab, wie gut wir die Person vor uns kannten und welcher Typ Mensch sie war. Die Ausstrahlung mancher Leute war leicht wahrzunehmen, die von manch anderem wiederum nicht. Zum Glück waren wir zu dritt. Wenn einem von uns gerade kein gutes Buch einfiel, konnten die anderen beiden ihr Glück versuchen. Im Gegensatz zu meinem Vorgehen auf ThirtyMinutes war durch unser potenziertes Wissen das passende Buch meist innerhalb von wenigen Minuten gefunden.

Als Nächstes war eine junge Frau an der Reihe, die in Begleitung einer Freundin gekommen war. Sie stellte sich uns als Minori vor.

»Das ist das erste Mal, dass ich mir Bücher empfehlen lasse. Ich bin gespannt«, sagte sie. »Meine Lieblingsautoren sind Dazai, Machida und Nishimura. In letzter Zeit habe ich keinen Autor gefunden, der literarisch an sie heranreicht.«

Osamu Dazai, der große Nachkriegsautor, Ken Machida, der Punk-Rocker und Akutagawa-Preisträger, sowie Kenta Nishimura, ebenfalls Akutagawa-Preisträger, erst 2022 verstorben. Da schien eine Literaturkennerin vor uns zu sitzen.

Tweed-san wagte sich zuerst vor: »Wie wäre es dann mit Ōtarō Maijō?«

Gute Wahl, dachte ich. Ein versierter Schriftsteller, Krimiautor und Preisträger des Mishima-Yukio-Literaturpreises 2003.

»Großartiger Autor«, sagte Minori-san, »ich habe all seine Romane gelesen.«

Ich eilte Tweed-san zu Hilfe. »Wie wäre es dann mit übersetzter Literatur?« Sie nickte. Ich sagte: »Dann empfehle ich dir ›Evil‹ von Jack Ketchum.«

»Den habe ich auch schon gelesen«, antwortete Minori vergnügt.

Sieh an, dachte ich bei mir. Das würde nicht einfach werden. Als Nächstes schlug ich ihr Bukowski vor.

»Habe ich angelesen, die Übersetzung gefiel mir nicht«, antwortete sie prompt.

»Wie wäre es dann mit einer Schriftstellerin, zum Beispiel Izumi Suzuki?«

»Suzuki finde ich großartig«, sagte Minori.

Unser Gespräch ähnelte immer mehr einer Partie Tischtennis.

»Wie wäre es mit einem Manga? Arusen Shimures Werke sind beeindruckend.«

»Kenne ich auch«, sagte Minori.

»Oh, okay«, denk nach, Nanako, »was hältst du von ›Die Wasserfälle von Akame‹ von Chōkitsu Kurumatani?«

»Tolles Buch«, sagte Minori.

Nun geriet ich langsam ins Schleudern. »Ich muss kurz nachdenken«, sagte ich. Ich hatte all meine literarische Munition bereits verfeuert. Sie hatte mich geschlagen.

Zum Glück gingen die anderen beiden nun zum Gegenangriff über.

»Kennst du die Schriftstellerin Tomoko Yoshida?«, fragte Tweed-san.

»Nein«, sagte Minori, und ein kollektives Aufatmen ging durch den Raum.

»Diese Autorin könnte dir gefallen. Sie ist für ihre Werke mehrfach ausgezeichnet worden, unter anderem mit dem Akutagawa- und dem Kawabata-Yasunari-Literaturpreis. Vor Kurzem wurde von einem kleinen, unabhängigen Verlag in Aichi eine Werkausgabe herausgegeben.«

Sonton-san ergänzte: »Der Literaturkritiker Yasu Machida hat eine großartige Rezension über ihre Romane geschrieben.«

Minori schien nachzudenken.

Wir hielten den Atem an.

Dann sagte sie: »Entschuldigt, ich merke, dass es mir lieber wäre, wenn ihr mir statt Autoren basierend auf meinen Lieblingsschriftstellern lieber ein neues Genre empfehlt. Japanische Science-Fiction würde mich interessieren, nur der Schreibstil sollte anspruchsvoll sein.«

Sonton-san reagierte sofort: »Dann musst du unbedingt Mado Nosaki lesen. Ihr Roman ›Zwei‹ dreht sich um die Frage, was den perfekten Film ausmacht, und ist ein Meisterwerk des Light-Novel-Genres.«

Das Blatt schien sich zu wenden. Science-Fiction-Literatur war zwar nicht mein Spezialgebiet, doch ich wagte mich nochmals in den Ring.

»Kennst du Kazuo Ishiguro? Er ist ein meisterhafter Erzähler.«

»Seinen Namen habe ich schon gehört«, sagte Minori, »welchen Roman würdest du empfehlen?«

Ich jubelte innerlich: Endlich hatte ich ein Werk gefunden, das sie noch nicht kannte!

»Als Erstes musst du unbedingt ›Alles, was wir geben mussten‹ lesen. Der Roman schildert das Leben einer Gruppe Kinder in einem Internat, deren friedliches Leben immer wieder von mysteriösen Vorfällen unterbrochen wird. Ich möchte nicht zu viel verraten, doch diesen Roman vergisst man nicht so schnell. Erzählerisch ein Meisterwerk.«

Tweed-san nickte. »Weitere Empfehlungen wären von meiner Seite die Autoren Shin'ichi Hoshi, ein Flash-Fiction-Meister, und der Romanautor Tadashi Hirose.«

Sonton-san hatte sich ebenfalls erholt: »Der Übersetzer und Literaturkritiker Nozomi Ōmori gibt eine Science-Fiction-Kurzgeschichtenreihe mit dem Namen ›NOVA‹ heraus. Da findest du sicherlich auch einige Neuentdeckungen.«

Minori schien zufrieden. »Ich danke euch für die schönen Anregungen.«

Die zehn Minuten waren um. Wir hatten den Ritt durch die Buchhölle überstanden.

Doch erholen konnten wir uns noch lange nicht. Sontons Professor, ein Literaturwissenschaftler, der pro Jahr mehrere Hundert Bücher las, führte uns an der Nase herum. Er fragte uns zuerst nach einer Lektüreempfehlung aus der Linguistik und dann nach einem Roman, der an »2666« von Robert Bolaño heranreiche. Er war gnadenlos und zwang uns beinahe in die Knie.

Während meiner gesamten Zeit auf ThirtyMinutes hatte ich noch nie so oft »Kenne ich schon«, »Habe ich bereits gelesen« oder »Das interessiert mich nicht« gehört. Nur mit vereinten Kräften blieben Tweed-san, Sonton-san und ich Runde für Runde erfolgreich Sieger. Wenn einer von uns aus dem Rennen ausschied, weil ihm die Ideen ausgingen, preschte ein anderer vor. So ging es hin und her, bis wir schließlich doch ein passendes Buch fanden, das die Person vor uns zufriedenstellte. Wir mussten uns ganz schön aus dem Fenster lehnen, doch der Aufwand lohnte sich. Die Zuschauer fieberten mit, ab und zu rief ein Gast einen Buchtitel in die Runde, nur um von den anderen mit einem »Pssst!« ausgebremst zu werden. Wir scherzten ausgelassen mit unseren Gästen und kamen von Hölzchen auf Stöckchen; immer wieder stellte man uns Getränke hin, damit wir kurz verschnaufen konnten, wenn die Gäste bei uns am Kotatsu wechselten.

Drei Stunden lang standen wir konstant unter Strom, denn jedes Gespräch verlangte uns alle Konzentration ab. Als wir den letzten Gast mit einer Lektüreempfehlung versorgt hatten und ein abschließendes Dankeswort an die Anwesenden richteten, donnerte uns ein tosender Applaus entgegen.

Dann war es vorbei.

Tweed-san und Sonton-san starrten ins Leere und sahen vollkommen erschöpft aus. Sie hingen in den Seilen, als hätten sie einen Boxkampf wie im Manga »Ashita no Joe« durchgestanden. Ich selbst fühlte mich ausgebrannt wie der kärgliche weiße Rest einer durchgeglühten Kohle. Es war ein Wunder, dass wir drei nicht auf der Stelle umfielen.

Als ich die letzten Gäste verabschiedete, traf sich mein

Blick mit dem von Minori-san. Es beschäftigte mich immer noch, wie unser Gespräch verlaufen war.

Ehe ich michs versah, sprach ich sie an. »Minori-san, danke, dass Sie heute gekommen sind. Bitte entschuldigen Sie, dass wir Ihnen kein gutes Buch empfehlen konnten.«

»Aber nicht doch«, sagte sie. »So einen lustigen Abend hatte ich schon lange nicht mehr. Eure Buchberatung war großartig.«

»Wirklich?«, ich konnte es kaum glauben. »Dabei konnten wir dir doch kaum weiterhelfen.«

Sie lächelte. »Ich habe noch nie so viel mit jemandem über Bücher reden können wie mit euch. Es kommt selten vor, dass ich Leute treffe, die Bücher genauso lieben wie ich.«

Ihre Antwort überraschte mich. Und ich begriff etwas: Anscheinend hatte ich bisher unbewusst immer ein wenig auf weniger belesene Menschen herabgeschaut. Mein Wissen über Literatur, meine Fähigkeit, mich in mein Gegenüber hineinzuversetzen und es zu analysieren, spielten beim Bücherempfehlen eine große Rolle. Auf ThirtyMinutes hatte ich nie erlebt, dass mein Wissen nicht ausreichte oder ich mit meiner Analyse falschlag. Gefühle spielten für mich dort keine Rolle. Wissen trumpfte dort über jedes Gefühl. Doch manchmal reichten alles Wissen und alle Analysefähigkeit der Welt nicht aus – das lehrte mich die Begegnung mit Minori-san.

Ich hatte andere von oben herab behandelt, mich aufgrund meines Wissens in Sicherheit gewogen. Mein falsches Selbstwertgefühl war in dem Moment verpufft, als ich an Minori-san scheiterte.

Als ich erstmals beschlossen hatte, meine Idee mit dem Bücherempfehlen ernsthaft in die Tat umzusetzen, hatte ich die Rezensionen in einigen Literaturzeitschriften studiert, auf Internetportalen und Webseiten von Buchhandlungen, um besser zu verstehen, wie die Profis ihre Empfehlungen strukturierten. Doch was ich dort las, enttäuschte mich. Oftmals stand da nur, wie oft das Buch verkauft worden war oder ob es einen Literaturpreis gewonnen hatte. Wie einfallslos, genauso gut hätte ich einen Klappentext oder Amazon konsultieren können. Diese Eindimensionalität! Bei dieser Art Buchempfehlung erschloss sich mir weder, was der Verfasser persönlich über das Buch dachte, noch der Grund, weshalb er von dem Buch angetan war. Gut möglich, dass sie sich eher im Hintergrund halten wollten wie die schwarz gekleideten Bühnenassistenzen des japanischen Puppentheaters, die die Puppen bewegten und doch nicht zu sehen sein sollten. Doch wozu schrieb man eine Buchempfehlung, wenn nicht sichtbar wurde, was den Verfasser beim Lesen bewegt hatte?

Buchrezensionen sind tot, hatte ich damals gedacht.

Und noch etwas ließ mir keine Ruhe, wenn ich an meine Zeit bei ThirtyMinutes zurückdachte: Zwar hatte ich all meinen Verabredungen ein Buch empfohlen, ich wusste jedoch nicht, ob auch nur einer von ihnen das Buch jemals in die Hand genommen hatte. Das war unwahrscheinlich, selbst bei dieser großen Anzahl von Menschen, mit denen ich mich getroffen hatte. Vielleicht war die Hälfte meinem Rat gefolgt. Pessimistisch betrachtet, war mein Bemühen umsonst gewesen.

Still und heimlich hoffte ich aber doch, dass ich den einen oder anderen erreicht hatte.

Damals hatte ich nur eine Strategie verfolgt: Ich betrachtete jeden Menschen und jedes Buch als wundervoll. Meine Botschaft lautete schlicht: Du bist wundervoll, daher will ich dir ein wundervolles Buch empfehlen.

Oder anders gesagt: Man stelle sich ein wunderschönes Kleid im Schaufenster eines teuren Luxuskaufhauses vor. Im Vorbeilaufen bleibt man mit dem Blick daran hängen. »Was für ein wunderschönes Kleid!«, denkt man entzückt. Dann bleibt auch der Partner oder Freund neben einem stehen und sagt, wie umwerfend man in diesem Kleid aussehen würde. Selbst wenn man verlegen verneint, freut man sich doch insgeheim über das Kompliment. Wer würde das nicht? Wie schön zu wissen, dass jemand dachte, dieses elegante Kleid könnte zu einem passen. Selbst wenn man es nie im Leben wieder zu Gesicht bekäme, hätte es einen bereichert, allein dadurch. Diesen Effekt versuchte ich mit meinen Buchempfehlungen zu erreichen.

Je mehr Erfahrungen ich sammelte, desto ausgefeilter wurden meine Buchempfehlungen. Zuerst schrieb ich meinem Gegenüber kurz, was ich an ihm schätzte. Diese Wertschätzung verband ich unwillkürlich mit einem Buch, das mich an die jeweilige Person erinnerte. Das war mein Versuch, der Person zu sagen, welchen Wert dieses Buch für sie haben könnte. Meine Nachricht sah meistens folgendermaßen aus:

»Liebe/r XY, nach unserem Gespräch ist der Eindruck zurückgeblieben, dass Sie

- gerne Menschen helfen
- sich für Ihre Mitarbeiter einsetzen
- sich viele Gedanken um Ihre Kunden machen
- stets Ihr Bestes geben.

Deshalb möchte ich Ihnen gerne folgendes Buch empfehlen. Vielleicht schenkt es Ihnen einen Trost, wenn Sie einmal in Nöten sind.«

Selbst wenn der Adressat meiner Empfehlung am Ende das von mir für ihn ausgewählte Buch nicht las, wurde es in meiner Vorstellung zu einem Talisman, der eines Tages in dunkler Stunde zum persönlichen Helfer werden konnte. Dazu musste niemand das Buch sofort kaufen oder lesen. Das Buch der Wahl konnte auch jahrelang im Regal verstauben. Die jeweilige Person musste nur ab und zu mit einem Blick über den Bücherrücken streifen und würde sich mit etwas Glück eines Tages in einem Winkel ihres Herzens an meine Worte erinnern. Dann würde der Talisman zu leuchten beginnen. Und der Sinn und Zweck meines Tuns wäre erfüllt.

Die Buchberatung im Hesomagari war ein voller Erfolg. Ich für meinen Teil kämpfte noch mit einigen Zweifeln. Wir hatten bis zur Erschöpfung all unsere Kraft und Konzentration in die Lektüreberatung gesteckt und den Grand Prix gewonnen. Wir hatten es geschafft. Ich hatte es geschafft. Ich hatte getan, was ich konnte.

Und plötzlich war der Gedanke da, so leise und unerwartet, dass ich ihn beinahe übersehen hätte.

Meine Zen-Übungen waren hiermit beendet.

Nun konnte ich das Buchempfehlen beiseitelegen.

Geradeso, als wäre ich nach einem langen Marathon in das Ziel eingelaufen, ließ etwas in mir los und entspannte sich. Ich war zufrieden und geläutert.

Auf meiner Reise in die Welt der Literaturaskese hatte ich eine Menge gelernt. Bisher war eine Buchempfehlung nur das gewesen: die Tätigkeit, jemandem ein Buch zu empfehlen. Nicht mehr und nicht weniger. Ich hatte eine Menge gelernt. Meine Arbeit war getan.

Ich nahm mein Handy und löschte das Icon von ThirtyMinutes von meinem Startbildschirm.

Epilog

Ein Ende und ein Anfang

Kurz nach unserem Grand Prix der Lektüreberatung stöberte ich mehr aus Gewohnheit als gezielt online durch die Stellenanzeigen. Da! Eine Anzeige stach mir ins Auge. Ein bekanntes Buchhandelsunternehmen suchte Mitarbeiter für eine neue Filiale. Wir wollen Menschen und Bücher zusammenbringen, stand da, Kandidaten mit breit gefächertem Wissen und einer ungewöhnlichen Laufbahn bevorzugt, Vorkenntnisse nicht benötigt. Mein Herz begann zu klopfen. Der letzte Satz schien direkt an mich adressiert:

»Wir freuen uns, bei einem persönlichen Gespräch mehr über Ihre besondere Persönlichkeit, Ihre Visionen und Erfahrungen in Bezug auf Bücher zu hören.«

Flugs fertigte ich eine Bewerbung an. Was hatte ich zu verlieren? Im Motivationsschreiben beschrieb ich mich folgendermaßen:

Ein Jahr lang habe ich mich über eine Datingseite mit rund siebzig Menschen unterschiedlichster Lebenslaufbahnen getroffen und ihnen allen ein handverlesenes Buch empfohlen.

Ohne groß nachzudenken, schickte ich die Bewerbung ab. Die Buchhandlung schien Wert auf Einzigartigkeit zu legen, das gefiel mir. Mit etwas Glück würde meine Bewerbung ihnen gefallen.

Tatsächlich kam ich mühelos in die erste Auswahl und wurde zum Gespräch eingeladen.

Die erste Interviewrunde war ein Gruppengespräch, neben mir waren noch zwei andere Kandidaten geladen. Vonseiten des Buchhandelsunternehmens waren mit der Interviewleitung sieben Vertreter anwesend. Meine Mitbewerber waren beeindruckend, zu meiner Linken saß ein ehemaliger Vertreter des Bezirksparlaments, zu meiner Rechten ein früherer Verlagslektor, nun Manager eines berühmten Sängers. Neben diesen beiden schillernden Figuren kam ich mir klein und unbedeutend vor. Meine Zuversicht schwand. Was hatte ich zu bieten?

Am Ende des langen Bewerbungsgesprächs, in dem ich von meiner Motivation und meinen Arbeitserfahrungen erzählte, richtete der Interviewer sein Wort nochmals an mich:

»Hanada-san, Sie arbeiten seit dem Universitätsabschluss bei Village Vanguard. Ihre Erfolge sind beeindruckend. Wie fühlen Sie sich bei dem Gedanken, Ihr jetziges Unternehmen zu verlassen und möglicherweise bei uns anzufangen?«

Wie ich mich dabei fühlte? Vor meinem inneren Auge tauchte ein klares Bild auf. Ich holte einmal tief Luft.

»Village Vanguard«, sagte ich mit bebender Stimme, »verdanke ich alles. Als ich vor zehn Jahren dort anfing, hatte ich keinerlei Arbeitserfahrung, und mir wurde alles beigebracht, was ich nun weiß. Ich durfte erfahren, wie erfüllend die Arbeit sein kann, wenn man in einem tollen Team zusammenarbeitet. Ich habe gelernt, wie viel Freude es macht, Bücher zu verkaufen. Ich bin für alles dankbar, was man mir dort ermöglicht hat, und doch bin ich bereit, einen neuen Weg einzuschlagen.«

Beim Reden verschwamm alles vor meinen Augen, und ein, zwei Tränen rollten mir über die Wangen. Ich wusste, dass dies die richtige Entscheidung war. Doch beim Gedanken an den Abschied von Village Vanguard musste ich jedes Mal weinen. Und nun ausgerechnet hier, vor allen Leuten bei einem Bewerbungsgespräch! Wie peinlich!

Damit war ich sicher ausgeschieden. Wer wollte schon eine emotional labile Mitarbeiterin? Was ich auf ThirtyMinutes getrieben hatte, verstand sowieso niemand. Ich hatte nicht einmal Gelegenheit gehabt, über meine Buchempfehlungen zu sprechen. Ich war überzeugt, dass ich all meine Chancen verspielt hatte.

Doch am nächsten Tag fand ich die Einladung zum zweiten Bewerbungsgespräch in meinem E-Mail-Postfach. Ich hatte bestanden. Nicht nur das, anstatt ein mehrstufiges Bewerbungsverfahren zu durchlaufen, sollte dies schon die Finalrunde sein.

Was hatte das nur zu bedeuten?

Das zweite Interview fand wieder in demselben kleinen Konferenzraum statt wie zuvor. Dieses Mal saßen dort nur zwei Mitarbeiter, ein Mann und eine Frau, die ebenfalls beim ersten Interview dabei gewesen waren. Zwei Leute nur – was für eine Erleichterung! Meine Nervosität ließ nach.

Die beiden Mitarbeiter stellten sich als die Teamleiter der neuen Filiale vor, in der ich arbeiten würde. Kaum war die erste Begrüßung vorbei, konnte der Mann sein Lächeln nicht mehr unterdrücken.

»Hanada-san, Sie sind ja eine«, sagte er feixend. »Ich freue mich schon den ganzen Tag darauf, mehr von Ihrer verrückten Geschichte zu erfahren.«

»Wie bitte?«, ich war verdutzt. »Meinen Sie meine Dates auf ThirtyMinutes?«

Er konnte sich nicht mehr beherrschen und lachte vergnügt. »Ja, Ihre Dates. Sie nehmen wirklich kein Blatt vor den Mund, großartig. Ihre Bewerbung hat unser gesamtes Büro unterhalten. So jemanden wie Sie haben wir noch nie erlebt.«

Nun richtete die Frau das Wort an mich: »Was Sie mit Ihren Bücherempfehlungen erreicht haben, ist wirklich bemerkenswert. Man spürt deutlich, wie sehr Sie für die Literatur leben, Hanada-san.«

»Das ist zu viel des Lobes«, sagte ich. In ihren Worten klang es so, als sei ich irgendwie außergewöhnlich, doch vor meinem inneren Auge sah ich mich mit den Leuten aus dem Co-Working-Space Werwolf spielen und mit meiner geheimen Flirt-Technik Männer beeindrucken, die ich kennenlernen wollte. Das sollte meine Leidenschaft für Literatur sein? Sie mussten sich irren.

Der Mann riss mich aus meinen Gedanken. »Im vorherigen Interview haben wir schon einiges über Ihre Zeit bei Village Vanguard gehört. Was uns jedoch wirklich interessiert, ist Ihre beeindruckende Fähigkeit und Erfahrung als, wie soll ich sagen, Literatursommelière.«

Die beiden lächelten mich erwartungsvoll an. Moment. Wollten sie mich etwa einstellen?

»Heute würden wir gerne mit Ihnen darüber sprechen, für welchen Teilbereich unserer neuen Buchhandlung wir Sie uns vorstellen können.«

Hatte ich mich verhört? War ich eben tatsächlich eingestellt worden? In meinen kühnsten Träumen hatte ich das nicht zu hoffen gewagt. Dass ich wegen meiner Erfahrungen mit ThirtyMinutes einen kleinen Vorsprung haben könnte? Ja. Aber das? Niemals! Was für eine verrückte Welt. Ich musste die erste Person der Menschheitsgeschichte sein, der man aufgrund ihrer Dating-Erfahrung eine Anstellung anbot.

Wie wunderschön die Welt war.

So fand meine zermürbende Arbeitssuche ihr unerwartetes Ende.

* * *

Der Wolkenhimmel schien sich jeden Moment über der Welt zu ergießen. Vor einem Jahr war ich zuletzt hier gewesen, doch der Bahnhof Nishi-Nippori hatte sich nicht verändert.

Ich traf meinen Ex-Mann in einem Café in der Nähe unserer alten Wohnung. Das Café war nahezu leer, doch als ich ihm die Scheidungspapiere reichte, warf er nur einen kurzen Blick darauf und ließ sie dann unauffällig in seiner Tasche verschwinden.

»Ich schaue sie mir später an«, sagte er. »Das Bezirksamt hat auch am Wochenende geöffnet, ich reiche sie morgen ein.«

»Ich danke dir«, sagte ich.

Als Nächstes waren unsere Finanzen dran. Es galt, die gemeinsamen Ersparnisse aufzulösen. Seit unserer Trennung lebte mein Ex-Mann in einer Hauswohngemeinschaft, daher hatte ich das alte Mobiliar übernommen. Wir einigten uns, dass ich ihm als Ausgleich den entsprechenden Anteil unserer Ersparnisse auszahlen würde. Wir rechneten alles durch, der Kühlschrank hatte hundertzehntausend Yen gekostet, der Fernseher achtzigtausend Yen, das Designersofa fünfzigtausend Yen … Es kam eine beträchtliche Summe zusammen. Die Hälfte des Betrages zog ich ab und verrechnete sie mit unserem Ersparten. Ich zeigte meinem Ex-Mann die Summe, er nickte. Im Anschluss wollten wir gemeinsam zur Bank gehen. Dann wären wir geschiedene Leute.

Wir redeten noch ein wenig über Belanglosigkeiten.

Wo wohnst du jetzt?

Wie gefällt dir die neue Arbeit?

Letztens habe ich XY getroffen …

Ach, wie geht es ihm?

So ging das eine Weile.

Wir schienen beide nicht zu wissen, wie wir der Sache ein Ende machen sollten. Als allmählich unser zielloses Geplauder versiegte, ergriff mein Ex-Mann das Wort: »Wenn wir beide genug Zeit hatten, uns an die neue Situation zu gewöhnen, wollen wir uns dann ab und zu zum Abendessen treffen?«

»Können wir machen«, sagte ich.

Wir schienen beide in stiller Übereinkunft zu wissen, dass der Moment des Abschieds gekommen war.

»Ich danke dir für alles.«

»Ich dir auch.«

»Es tut mir sehr leid, dass alles so gekommen ist.«

»Mir auch.«

»Wir haben viel Schönes zusammen erlebt, nicht?«

»Ja, es war wirklich schön mit dir.«

Unsere Unterhaltung war hölzern, die Floskeln unbedeutend – unterschwellig schienen wir entschlossen, einander zum letzten Mal unsere wahren Gefühle zu zeigen. Als würden wir uns an Gestalttherapie versuchen, beschworen wir noch einmal das Wesen unserer Ehe und vergewisserten uns, dass wir sie vollkommen entleerten. Kein Körnchen Emotion sollte übrig bleiben. Hiermit ging alles zu Ende.

Als wir fertig waren, fühlte sich die Luft zwischen uns klar an, wir waren mit uns im Reinen.

Etwas seltsam war es doch, uns und unsere Ehe vor einer Bank an einem Geldautomaten zu verabschieden.

»Pass gut auf dich auf«, sagte ich, und nach dem Abschied ging er davon.

Erst nahm ich den Weg zurück zum Bahnhof, doch als ich außer Sichtweite meines Ex-Mannes war, steuerte ich auf unsere alte Wohnung zu. Ich wollte sie noch ein letztes Mal sehen.

Vor der mehrspurigen Straße angekommen, schaute ich zur siebten Etage des Hochhauses hinauf. Mein altes Zuhause. Am Fenster hingen blaue Vorhänge. Jemand anders lebte dort, jemand Fremdes. Ich spürte einen Kloß im Hals.

Wie hatte das passieren können? Wir hatten so viele schöne Momente geteilt.

Als die Tränen kamen, verdrängte ich sie nicht. Ich weinte und weinte und weinte, bis ich nicht mehr konnte. Irgendwann war es gut, ich konnte wieder atmen. Das war's, dachte ich mir und holte einmal tief Luft.

Es ist vorbei.

* * *

Ein paar Tage später verschickte ich eine Nachricht.

»Ich bin offiziell eine geschiedene Frau!«

Endō-san las sie sofort.

»Glückwunsch!«, antwortete er. Wie immer war er kurz angebunden. Ich hatte noch nie mehr als einen Satz von ihm bekommen.

Da blinkte mein Handy plötzlich erneut auf. Ich lächelte.

»Lass uns zur Feier des Tages etwas zusammen essen. Das muss gefeiert werden.«

Da war er, der zweite Satz.

Wir trafen uns in einem vornehmen Restaurant, in dem Endō-san extra ein Separee für diesen Anlass reservierte. Als wir einander gegenübersaßen, hob Endō-san das Glas.

»Herzlichen Glückwunsch zur Scheidung, Nanako!«, sagte er feierlich, und wir stießen an. Das musste nichts bedeuten. Wahrscheinlich wollte er einfach für gute Stimmung sorgen.

»So, wie fühlst du dich?«, fragte er, nachdem wir beide einen Schluck getrunken hatten.

Ich dachte kurz nach. »Schon ein wenig traurig. Aber auch froh, dass es vorbei ist.«

»Kein Wunder«, sagte er. »Aber keine Sorge, du wirst bestimmt einen tollen neuen Mann finden.«

»Meinst du?«, ich tat unsicher.

»Geschiedene Frauen können sich vor Verehrern kaum retten«, sagte er. »Gibt es jemanden, auf den du ein Auge geworfen hast?«

»Endō-san, also wirklich!«, sagte ich.

»Ja, Nanako?«, sagte er.

»Was führst du im Schilde? Möchtest du mit mir schlafen?«

Er lachte vergnügt. »Wieso? Willst du mich provozieren? Oder sollte ich Angst haben?«

»Weder noch«, sagte ich. »Ich wollte nur wissen, was du denkst.«

»Sagen wir es mal so«, antwortete er, »wenn du das möchtest, sehr gerne. Doch du siehst nicht gerade begeistert aus, daher können wir das Thema auch lassen.«

Das war keine besonders zufriedenstellende Antwort. »Entschuldige, wenn ich wie ein Teenager klinge, aber bist du in mich verliebt?«, fragte ich ihn.

»Bist du jetzt sauer?«, antwortete er vergnügt.

»Nicht im Geringsten«, sagte ich. »Ich möchte nur klare Verhältnisse.«

»Wenn du mich so direkt fragst, könnte ich das bejahen. Doch was heißt das schon? Möchtest du, dass mehr aus uns wird?«

»Ich bin mir nicht sicher«, sagte ich. »In romantischen Dingen bin ich so ungeschickt. Vielleicht ist auch alles gut, wie es ist. Es ist immer schön, wenn wir uns sehen, und ich habe viel Spaß mit dir. Du bist einer der Menschen, denen ich am meisten vertraue.«

»Das freut mich«, sagte er.

»Aber es ist nicht so, dass ich jede Woche ein Date mit dir möchte oder zum Jahrestag Geschenke erwarte.«

»Das sehe ich genauso. Dann passt doch alles.« Endō-san zwinkerte mir zu. »Möchtest du mit mir schlafen? Ich wäre dabei. Soll ich uns ein Hotel suchen?«

»Nee, danke«, sagte ich.

Endō-san schaute enttäuscht.

»Wenn du mich fragst, ob ich mit dir schlafen möchte, dann ist meine Antwort ja«, sagte ich.

Er grinste wieder. »Puh, Glück gehabt.«

»Es gibt nur ein Problem«, sagte ich.

»Jaah?«

»Mir ist gerade nicht nach Sex«, sagte ich.

Endō-san, eben noch vergnügt, runzelte die Stirn und seufzte. »Nanako, sag doch so etwas nicht.«

»Warum nicht?«

»Du musst doch auch an die Gefühle des jungen Mannes denken, der einen schönen Abend mit dir verbringen will.« Er lehnte sich in seinem Stuhl zurück. »Es ist vollkommen in Ordnung, dass du keine Lust hast, aber manche Männer lieben die knisternde Vorfreude, auch wenn sie nur hypothetisch ist. Ich kann das vertragen, aber lass anderen Männern bitte wenigstens ihre Illusionen.«

Seine Theorie ergab keinen Sinn, doch anscheinend hatte ich die Stimmung ruiniert.

»Ich dachte immer, es sei besser, ehrlich zu sein«, sagte ich.

Endō-san winkte ab. »Oh nein, im Gegenteil. Männer lieben es, von einer Frau an der Nase herumgeführt zu werden. Es reicht schon, wenn du mir die Hoffnung lässt, dass du eines Tages, wenn es so weit ist, an mich denken wirst. Wir Männer sind einfach gestrickt.«

Ich versuchte zu verstehen, was er meinte. »Na gut. Ich kann dir Bescheid geben, wenn ich so weit bin«, antwortete ich halbherzig.

Er schien vorher gewusst zu haben, was ich sagen würde, denn sein verschmitztes Lächeln war wieder da. »Danke. Das Essen geht heute wie immer auf mich. Melde dich jederzeit, wenn deine Libido zurück ist. Wir können auch zusammen zu einer Sex-Party gehen. Das wollte ich schon immer mal machen.«

Anscheinend hatte ich ihm wieder Hoffnung geschenkt.

Endō-san und ich, zwar Meister der Kommunikation, waren wohl in Liebesdingen gänzlich unbegabt. Bereits bei unserem ersten Treffen hatten wir die Chance, uns näherzukommen, ungenutzt verstreichen lassen. Es war schön, so offen und direkt mit ihm reden zu können, obwohl ich nicht mit ihm schlafen wollte.

»Vielleicht klingt das komisch«, sagte Endō-san, »aber ich wünsche mir für dich, dass du einen tollen Mann findest. Ich will, dass du glücklich bist.«

Seine Worte, wie immer halb im Scherz, rührten mich. Er meinte das ernst.

Es beruhigte mich zu wissen, dass ich jemanden in Reserve hatte, sollte ich eines Tages meine Libido wiederfinden. Doch wenn wir so weitermachten, würden Endō-san und ich niemals miteinander im Bett landen. Ich schaute ihn an.

»Ich bin froh, dass es dir besser geht«, sagte er dann.

»Wegen meiner Scheidung?«

»Das auch. Als ich dich kennenlernte, sahst du nicht gut aus, die Arbeit hatte dir ganz schön zugesetzt, oder? Aber jetzt scheint alles gut.«

Ich nickte. »Das habe ich auch dir zu verdanken.«

»Quatsch«, sagte er. »Ich habe nichts gemacht.«

Wir lachten. Als die Kellnerin vorbeikam, bestellten wir noch ein Bier. Diese Abende, diese Freundschaft, sie gaben mir so viel Kraft.

* * *

Im Februar stiegen die Temperaturen, als nahte der Frühling. Es war der letzte Tag in meiner kleinen Wohnung. Ich hätte auch von Yokohama zu meiner neuen Arbeit pendeln können, doch die Wohnung hatte noch mein alter Arbeitgeber für mich angemietet, und sie zu übernehmen war kompliziert. Ich hatte gar nicht erst mit dem Papierkram angefangen, sondern mir gleich ein Apartment in der Nähe meiner neuen Arbeit gesucht.

Jetzt blieb nur noch ein Problem: In drei Stunden würden die Möbelpacker da sein, und ich hatte noch keine einzige Kiste gepackt. Selbst wenn ich jetzt damit anfing, würde ich niemals rechtzeitig fertig werden.

Wie hatte es nur passieren können, dass ich erst so kurz vor knapp mit dem Kistenpacken anfing? Ich hatte am Vortag schon mit den Umzugsvorbereitungen fertig sein wollen. Doch dann waren Freunde aus dem Co-Working-Space vorbeigekommen, und plötzlich saßen wir den ganzen Abend vor der Konsole und spielten Mario Kart.

Mein Handy piepte. Es war Tetsu-san, ein Bekannter aus der Nachbarschaft.

»Gestern habe ich einen Roman bei dir gesehen, den ich gerne ausleihen würde. Falls du deine Bücher noch nicht eingepackt hast, würde ich kurz vorbeikommen. Ich muss dir auch noch einige Bücher zurückgeben. Die neuen bringe ich natürlich zu deiner neuen Adresse.«

Seit klar war, dass ich wegzog, gingen meine Freunde ständig bei mir ein und aus. Die tickende Uhr vor dem Umzug erinnerte uns an die Schulsommerferien. Kurz vor Mitternacht würden plötzlich alle wie auf Knopfdruck aufbrechen, als wären sie noch in der Schule und müssten jetzt nach Hause. Irgendwann war es vollkommen normal, dass jeder in meinem Bücherregal stöberte und sich an meinem Kühlschrank bediente.

Mir tat es gut, Menschen um mich zu haben. Wenn die Tür nach dem letzten Heimkehrer ins Schloss fiel, herrschte immer eine Totenstille. Diesen kurzen Moment der Traurigkeit konnte ich nun genießen.

Was mich in die Gegenwart zurückbrachte.

»Du kannst das Buch gerne haben, doch komm bitte gleich vorbei«, schrieb ich ihm zurück. Tetsu-san tat mir ein wenig leid, doch mir blieb keine andere Wahl.

Als der ahnungslose Tetsu vorbeikam, spannte ich ihn in meine Umzugsvorbereitungen ein. Er brachte den Müll nach draußen, staubsaugte die Wohnung, sodass die Möbelpacker ihn bei ihrem Eintreffen für meinen Mann hielten und ihn fragten, ob diese oder jene Kiste mit in die neue Wohnung käme oder wegkonnte.

Als ich ihn gehen ließ, ging bereits die Sonne unter, der Himmel verfärbte sich orangerot.

»Wo ist nur die Zeit hin?«, sagte Tetsu-san mit Blick auf den Himmel. »Ich wollte doch nur ein Buch ausleihen.«

Ich hatte noch nie Freunde in meiner Nachbarschaft gehabt, geschweige denn hatte mir jemand bei meinem Umzug geholfen. Warum wollte ich aus Yokohama wegziehen? Hier hatte ich doch Esaki-san getroffen, den Co-Working-Space kennengelernt, und so viele wunderbare Bekanntschaften gemacht. Ich wurde ein wenig wehmütig. Ich hatte so viele tolle Freunde in Yokohama. Ich hatte nicht daran gedacht, was ich alles zurückließ, wenn ich wegzog.

Sicher, das alles wäre vielleicht auch ohne ThirtyMinutes passiert. Ich war nur nie auf die Idee gekommen. Welche dieser beiden Nanakos war ich nur? Die Abenteuerlustige oder die Zurückgezogene? Musste ich mich entscheiden?

An der Straßenkreuzung verabschiedete ich mich von Tetsu-san und bedankte mich tausend Mal für seine Hilfe. Fast wäre ich vor Dankbarkeit vor ihm auf die Knie gegangen.

»Danke für das Buch. Ich komme bald mal bei deiner neuen Arbeit vorbei«, sagte er.

»Ich bin bestimmt auch bald wieder hier. Mach's gut!«

Wir winkten zum Abschied. Auf dem Weg zum Bahnhof Yokohama ging das Orange am Abendhimmel in Lila über.

Es war Nacht, als alle meine Kisten endlich in der neuen Wohnung standen. Ich packte die wichtigsten Dinge aus – Zahnbürste, Zahnpasta, Bürste, Schlafsachen –, schloss den Fernseher an, schob Kartons aus dem Weg, um ein wenig Platz für mein Nachtlager zu schaffen. Als ich auf die Uhr schaute, war es nach 23 Uhr. Mir knurrte der Magen. Ich steckte ein paar Scheine ein und machte mich auf die Suche nach etwas zu essen. Als ich auf die nächtliche, mir noch unbekannte Straße hinaustrat, hatte ich keine Ahnung, wohin ich gehen sollte. Ich lachte leise. Ich überquerte eine kleine Brücke und wanderte durch die Gassen, bis ich an einer großen Straße ein mir unbekanntes Fast-Food-Restaurant fand. Es war noch geöffnet.

Beim Eintreten entdeckte ich zahlreiche Pärchen und Studentengruppen, die gemütlich zusammensaßen. Ich suchte mir einen Platz, bestellte etwas und sah gedankenverloren aus dem Fenster. Unbekannte Busse fuhren in regelmäßigen Abständen an mir vorbei.

Der nächste Neuanfang, dachte ich und versuchte, mir vorzustellen, wie mein neues Leben aussehen würde.

In der Nacht verwandelten sich Fast-Food-Restaurants in meinen Augen immer in Raumschiffe. Sie trugen einen, egal, in welcher Lebenslage, sicher durch die Nacht.

Vor einem Jahr hatte ich mutterseelenallein und verzweifelt in genauso einem Restaurant gesessen. Alles war mir aussichtslos erschienen. Nicht einmal eine Wohnung hatte ich mehr gehabt!

Aus dem Raumschiff hatte ich mit zitternden Händen hinausgeblickt, dorthin, wo der Strom des Lebens pulsierte. Ich hatte mich vorgewagt, war ein paarmal gestolpert, aber dann war ich hineingestürzt und wurde davongetragen. Die Strömung trug mich und trug mich, schwemmte mich fort, ein ganzes Jahr lang, bis sie mich hier an dieses Ufer gespült hatte. Ich konnte mich kaum mehr erinnern, was vor einem Jahr gewesen war. Frauen sagte man nach, sie seien herzlos, da sie so schnell vergessen konnten. Gut möglich, dass ich auch so war, die Erinnerung an meine Ehe war längst verblasst. Es tat nicht mehr weh. Vielleicht würde ich auch dieses besondere Jahr, das hinter mir lag, alsbald vergessen haben.

Doch vielleicht zeugte gerade dieses Verwinden davon, dass ich lebte. Der Gedanke betrübte mich. Vielleicht war es mir deswegen so wichtig gewesen, mich mithilfe von Buchempfehlungen ins Innere anderer Menschen vorzutasten und sicherzustellen, dass ich lebte.

»Hier ist Ihre Bestellung. Guten Appetit.«

Die Worte der Bedienung holten mich in die Gegenwart zurück. Das brutzelnde Essen roch köstlich.

Morgen war ein neuer Tag. Sicherlich würde mich der Strom des Lebens wieder an neue Ufer tragen. Ich war gespannt, was mich erwartete.

Nachwort

In einer Buchhandlung

Dieser leicht fiktionalisierte Text entstand aus einer Reihe von Essays, die ich im Webmagazin »Ondo« veröffentlichte. Ursprünglich schrieb ich ihn lediglich für ein paar Freunde und Bekannte. Rückblickend staune ich, auf wie viel Resonanz er stieß.

Als die Tweets und Retweets auf Twitter rasant zunahmen und meine Essays viral gingen, mischte sich Freude unter die Überraschung und Verwunderung. Nach zwei Tagen überwog die Freude. Ich konnte es nicht fassen, wie viele Leute die Essays lasen und an meiner Geschichte teilhaben wollten. Unzählige Menschen kommentierten ihn in ihrer Timeline und wollten unbedingt wissen, wie es weiterging.

Nie hätte ich gedacht, dass meine Geschichte andere Menschen derart berühren würde. Es war überwältigend. Ich war überglücklich und hätte vor Freude am liebsten Luftsprünge gemacht.

Meine Erzählung endet, als ich bei der bekannten Buchhandlung zu arbeiten beginne. Ich blieb dort eine Weile, bis ich im Norden von Tokio, in der Shitamachi, meinen eigenen kleinen Buchladen eröffnete. Als Inhaberin konnte ich mir nun für jeden Kunden so viel Zeit nehmen, wie ich wollte. Die Zeit verging langsam und gemächlich, es war wunderbar.

Meiner Kundschaft empfahl ich, wie damals auf Thirty-Minutes, Bücher, von denen ich dachte, dass sie ihr gefallen könnten. So viel blieb gleich.

Der entscheidende Unterschied war: Die Kunden nahmen die ausgesuchten Bücher mit nach Hause und erzählten mir beim nächsten Besuch, wie ihnen die Lektüre gefallen hatte. So bauten wir, Buch für Buch, Lektüre für Lektüre, eine Beziehung zueinander auf. Mit vielen meiner Kunden redete ich so oft, dass ich bald wusste, welche Lesevorlieben sie hatten. Wenn ich neue Bücher bestellte, dachte ich unweigerlich:

»Diese Neuerscheinung wird sicherlich XY gefallen.«

Ich bestellte das Buch.

»Nächste Woche kommt YZ bestimmt wieder. Habe ich einen Lesetipp für sie? Dieses Buch sieht gut aus.«

Ich bestellte das Buch.

Es erfüllt mich, die Menschen, die in meine Buchhandlung kommen, zu engen Vertrauten zu machen. Meine Kunden spürten das. Sie empfehlen mir im Gegenzug auch immer wieder Bücher.

»Haben Sie diesen Roman schon gelesen, Hanada-san?«, fragen sie mich an der Kasse. »Der könnte Ihnen gefallen.«

Ich hatte nicht beabsichtigt, meine Geistesübungen, wie ich sie nannte, und die Lektüreempfehlungen in meinem eigenen Buchladen fortzuführen. Doch nach vier Jahren als Buchhändlerin mochte ich diesen Teil meiner Arbeit besonders gerne.

Die Resonanz auf dieses Buch über mein Jahr als Buchempfehlerin hat mich jedenfalls vollkommen überrascht.

Mein Alltag veränderte sich jedoch nicht wesentlich. Er blieb friedvoll, und das war mir am wichtigsten.

Folgende Episode ereignete sich, als ich meinen Essay beinahe zur Hälfte online veröffentlicht hatte:

Es war ein Sonntag im Herbst. Ich stand wie immer an meiner Kasse im Laden, als eine Kundin auf mich zukam. Sie schien ungefähr in meinem Alter.

»Ich habe Ihre Geschichte auf Twitter gelesen und wollte Sie gerne kennenlernen«, sagte sie. »Würden Sie mir freundlicherweise auch ein Buch empfehlen?«

Das hatte ich nicht erwartet.

»Danke für Ihr Vertrauen«, sagte ich ihr. »Was für Bücher lesen Sie denn gerne?«

Sie antwortete nicht. Huch, dachte ich verwundert, überlegte sie noch? Als ich sie ansah, kämpfte sie mit den Tränen. Jedes Mal, wenn sie zum Sprechen ansetzte, drohten die Tränen sie zu überwältigen. Ich lächelte sie an und wartete, bis sie bereit war. Es dauerte einen Moment, dann presste sie mit ganzer Kraft folgende Worte aus sich heraus:

»Meine Mutter ist gestern gestorben. Ich dachte, vielleicht könnte mir ein gutes Buch helfen.«

Sie begann zu weinen. Dieser Satz schien sie alle Kraft gekostet zu haben. Ich hatte dank des Coachings mit Yukari-san gelernt, in solchen Situationen Ruhe zu bewahren.

Ich ging mit der trauernden Frau zu den Bücherregalen.

»Wir haben eine große Auswahl hier. Für welche Bücher interessieren Sie sich denn?«, fragte ich sie mit ruhiger und fester Stimme.

»Ich lese nicht so viel«, antwortete die Frau, »lieber etwas Kurzes.«

Ich nickte. »Verstehe. Vielleicht hilft es Ihnen, wenn Sie mir sagen, wie Sie sich beim Lesen fühlen wollen.« Ich nahm eine Graphic Novel, »Mein Leben heute« von Miri Masuda, aus dem Regal und zeigte sie ihr.

»Falls Sie ein wenig Halt in dieser schweren Zeit suchen, empfehle ich Ihnen dieses leise, aber beeindruckende Werk. Die Autorin verdrängt die Schwere der Trauer nicht, sondern nähert sich dem Thema äußerst feinfühlig. In einem Kapitel wird der Tod ihres Vaters thematisiert. Dieses Buch könnte Ihnen Trost spenden.«

Aus einem anderen Regal zog ich den Roman »Eine Distanz von Schönheit« von Nao-Cola Yamasaki. Dann bückte ich mich, öffnete eine der Schubladen am Fuße des Regals und holte einen Comic hervor.

»Falls Sie sich schonungslos mit Ihrer Trauer auseinandersetzen wollen, empfehle ich Ihnen das hier.« Ich reichte ihr das Buch von Nao-Cola. »Es handelt von einem Mann, der seine krebskranke Frau pflegt und ungeschönt und nicht zu überladen davon erzählt. Wir begleiten das Paar auf seinem Weg bis zum bitteren Ende. Das Buch ist keine leichte Kost, aber vielleicht wäre das etwas für Sie?«

Dann widmete ich mich dem letzten Buch. »Falls Sie sich noch radikaler mit Ihrer Trauer konfrontieren wollen, empfehle ich Ihnen ›Ohne ein Wort des Abschieds‹ von Kentarō Ueno. Dieser Manga hat eine typisch männliche, harte Linienführung, wenn Ihnen das nichts ausmacht, und erzählt von einem Mann, dessen schwer kranke Frau plötzlich und unerwartet verstirbt. Der Leser begleitet die Hauptfigur bei der Verarbeitung ihrer Trauer und stellt sich gemeinsam mit dem Mann die Frage, wie man nach dem Tod eines geliebten Menschen weiterleben kann. Kann man es? Und wie?«

Ich reichte ihr auch dieses Buch. »Der Autor beschreibt sensibel und in leisen Tönen die Unerträglichkeit solch eines einschneidenden Erlebnisses.«

Die Frau hörte mir aufmerksam zu. Ihre Tränen waren versiegt.

»Vielleicht ist ja etwas für Sie dabei. Schauen Sie sich gerne in Ruhe um.«

Die Frau nickte und blätterte in den Büchern. Nun konnte ich sie wohl allein lassen. Ich ging zu meiner Arbeit zurück.

Die Frau hatte das Buch von Nao-Cola und den Manga von Kentarō Ueno dabei, als sie zu mir an die Kasse kam. Ihre Auswahl verriet mir, welche Art der Trauerbewältigung sie gesucht hatte. Es brach mir das Herz.

Doch das war gut. Sie hatte sich entschlossen, sich ihrer Trauer zu stellen. Dafür hatte sie nun die Bücher, sie würden sie trösten. Wenn man sich in der Praxis des Bücherempfehlens übt, kommt man unweigerlich mit den Seiten des Menschseins in Berührung, die normalerweise im Verborgenen liegen. Man stößt auf ihre seelischen Erschütterungen, auf ihre schwierige Vergangenheit, auf unverarbeitete Gefühle, verhüllte Komplexe, ihre Minderwertigkeitsgefühle, ihre Verluste.

Man begegnet diesen heftigen Regungen am besten aufrichtig und gefasst. Gerät man aus der Fassung, verunsichert oder destabilisiert man das Gegenüber möglicherweise. Besser ist es, Halt zu geben.

Wie schön, dass es Bücher gibt. Wie schön, dass es Bücher gibt, die uns Trost spenden. In der Begegnung mit der Frau, die ihre Mutter verloren hatte, erkannte ich erneut diese Wahrheit. Welch ein Glück auch, dass ich die richtigen Bücher vorrätig hatte. »Mein Leben heute« war erst kurz zuvor erschienen, daher hatte ich ausreichend Exemplare im Laden, es verkaufte sich gut. Der literarisch anspruchsvolle Roman »Eine Distanz von Schönheit« hingegen war bereits im vorangegangenen Jahr erschienen und wanderte nur ab und an über meine Ladentheke. Erst neulich hatte ich ein Exemplar davon verkauft, daher war es mir wieder im Gedächtnis gewesen. »Ohne ein Wort des Abschieds« war eines meiner Lieblingscomics. Es wurde nicht oft gekauft, obwohl ich es seit Eröffnung meines Ladens im Regal hatte. Der Manga war unkonventionell, passte nicht so recht zum Rest des Sortiments. Ich hatte beabsichtigt, ihn zurückzuschicken, welch ein Glück, dass ich nicht dazu gekommen war. In meinem neuen Leben waren Bücher nun unverzichtbar.

Wie schön, dass die beiden Bücher den Weg zu meiner trauernden Kundin fanden.

Beim Bezahlen fiel mir etwas an ihr auf.

»Kann es sein, dass Sie extra von auswärts angereist sind?«, fragte ich sie.

»Ich bin aus Niigata«, sagte sie.

Ich traute meinen Ohren kaum.

Mein größtes Glück ist es, Menschen mit einem Buch beiseitezustehen. Natürlich gelingt mir das nicht immer. Es ist zugleich leicht gesagt und enorm schwierig. Gut gemeinte Ratschläge wie »Alles wird gut« oder »Morgen sieht die Welt schon ganz anders aus« bringen Menschen nichts, Unbekannten schon gar nicht.

Mit Büchern kann man Menschen, selbst Fremden, helfen, ohne sie zu bedrängen. Meine trauernde Kundin öffnete sich mir, weil die Bücher zwischen uns einen Raum entstehen ließen. Nur so, mit den Seiten zwischen uns, konnte sie mir vom Tod ihrer Mutter erzählen. Es war die Frage nach einer Buchempfehlung, die es uns ermöglichte, uns als Menschen zu begegnen. Ich konnte ihr helfen, ihrer Trauer ins Gesicht zu sehen.

Aus diesem Grund liebe ich Bücher und die Arbeit in meinem Buchladen. Ich kann den Menschen beim Menschsein zur Seite stehen.

Zu Beginn meiner Reise hätte ich mir niemals ausmalen können, dass meine Leidenschaft zu Büchern selbst einmal zu einem Buch werden würde.

Das hieße ja im Umkehrschluss …

Vielleicht wird eines Tages mein Buch als Leseempfehlung von einer Hand in eine andere wandern.

Dann wäre der unendliche Kreislauf des Lebens vollendet.

Gut, das ist nun ein wenig dick aufgetragen.

Vielleicht nicht unendlich.

Doch ein Kreislauf ist es doch.

Welch ein schöner Gedanke.

Ich freue mich auf diesen Tag.

Nanakos Buchempfehlungen*

Kapitel 1

Higuchi Takehiro: Der japanische Eros. *[Nihon no sekkusu]* Futaba bunko.

Ōmiya Elli: Gedanken Übertragen. *[Omoi wo tsutaeru to iu koto ten no subete]* Foil.

Ibaraki Noriko: Worte einer Frau. *[Onna no kotoba]* Dōwa-no-ya shibunko.

Kobayashi Kōhei, Yamamoto Shūji, Mizuno Keiya: Humor mit Stil. *[Ukeru gijutsu]* Shinchō bunko.

Kō Hiroki: Der Weg zu »Meets« und das Zeitalter der Stadtmagazine. *[Mītsu he no michi. Machiteki zasshi no jidai]* Hon-no-zasshisha.

Kapitel 2

Hirano Kei'ichirō: Wer oder was bin ich? *[Watashi wa to nani ka? Kojin kara bunnin he]* Kōdansha gendai shinsho.

Moto Hideyasu: Wild Mountain. *[Wairudo Maunten]* IKKI COMICS.

Kinoshita Shinya: Misslungenes Leben. *[Poten seikatsu]* Mōningu KC.

* Basierend auf der Literaturübersicht des japanischen Originals

Hayamizu Kenrō: Stadt, Konsum und der Traum von Disney. *[Toshi to shōhi to dizunī no yume. Shoppingmōraizēshon no jidai]* Kadokawa one tēma 21.

Kapitel 3

Raymond Mungo: *Cosmic Profit. How to Make Money Without Doing Time*. Little, Brown and Company.

Nishimura Yoshiaki: Wie Sie Ihren Traumjob erschaffen. *[Jibun no shigoto wo tsukuru]* Chikuma bunko.

Sakaguchi Kyōhei: Souverän. Wie man sich einen eigenen unabhängigen Staat erschafft. *[Dokuritsu kokka no tsukurikata]* Kōdansha gendai shinsho.

Ikeda Hayato: Verdient. Berufliche Freiheit mit nur 1 500 000 Yen [*Nenshū 150 man'en de bokura wa jiyū ni ikiteiku*] Seikaisha shinsho.

Furuichi Norito: Glückloser Staat, glückliche Jugend. *[Zetsubō no kuni no kōfuku na wakamono-tachi]* Kōdansha +α bunko.

John Krakauer: *In die Wildnis*. Übersetzt von Ulrike Frey, Stephan Steeger. Piper Verlag.

Richard Bach: *Illusionen. Die Abenteuer eines Messias wider Willen*. Übersetzt von Eva Bornemann. Ullstein Verlag.

James Clavell: *The Children's Story*. Delacorte Press.

Artesia: Dirty Laundry. Wie Liebe und Sex in den Dreißigern wirklich funktioniert. *[Morodashi gāruzu tōku. Arasā-ryū ai to ero to onna-migaki]* Beru shisutemu 24.

Fujiko F. Fujio: *Moja-ko. [Mojakō]* Shōgakukan.

Itō Hiromi, Edamoto Nahomi: Was hast du heute gegessen? *[Nani tabeta? Itō Hiromi + Edamoto Nahomi ōfuku shokan]* Chūkō bunko.

Kapitel 4

Jack Kerouac: *Unterwegs*. Übersetzt von Thomas Lindquist. Rowohlt Verlag.

Yamada Zūnī: Das kleine Essay-Buch für Erwachsene. *[Otona no ko-ronbun kyōshitsu]* Kawade bunko.

Mizuno Keiya: Entdecken Sie das Biest in sich. Beziehungstipps aus Disneys »Die Schöne und das Biest«. *[Bijo to yajū no yajū ni naru hōhō]* Bunshun bunko.

Akiyama George: Die Unvergessenen. *[Sutegataki hitobito]* Gentōsha bunko.

Kapitel 5

Sawaki Kōtarō: Der Nachtexpress. *[Shin'ya tokkyū]* Shinchō bunko.

Kapitel 6

Shibuya Chokkaku: *Kafe de yoku kakatteiru J-*POP *no bozanova kabā wo utau onna no isshō.* Fusōsha.

Sekishiro, Matakichi Naoki: Es gab keine frittierten Muscheln, also blieb ich fern. *[Kakifurai ga nai kara konakatta]* Gentōsha bunko.

Kapitel 7

Rattawut Lapcharoensap: *Tourism*. Grove Press.

Aida Makoto: Jugend und Perversion. *[Seishun to hentai]* Chikuma bunko.

Kurida Yuki: Die Schneiderin. *[O-nuiko Terumī]* Shūeisha bunko.

Nishi Kanako: Das weiße Zeichen. *[Shiroi shirushi]* Shinchō bunko.

Takedo Yuriko: Das Fuji-Tagebuch. *[Fuji nikki]* Chūkō bunko.

Françoise Sagan: *Bonjour Tristesse.* Übersetzt von Rainer Moritz. Ullstein Verlag.

Tanikawa Fumiko: Nur Mut. *[Sekkyoku. Ai no uta]* Kuīnzu Comikkusu.

Jack Ketchum: *Evil.* Übersetzt von Friedrich Mader. Heyne Verlag.

Kurumatani Chōkitsu: Die Wasserfälle von Akame. *[Akame shijūya taki shinjū misui]* Bunshun bunko.

Kazuo Ishiguro: *Alles, was wir geben mussten.* Übersetzt von Barbara Schaden. Blessing Verlag.

Nachwort

Masuda Miri: Mein Leben heute. *[Kyō no jinsei]* Mishima-sha.

Yamasaki Nao-Cola: Eine Distanz von Schönheit. *[Utsukushii kyōri]* Bungei shunjū.

Ueno Kentarō: Ohne ein Wort des Abschieds. *[Sayonara mo iwazu ni]* Bīmu Komikkusu.

TOSHIKAZU KAWAGUCHI

Bevor der Kaffee kalt wird

Das Leben wird vorwärts gelebt
und rückwärts verstanden

Wie wäre es, wenn du in die Vergangenheit reisen könntest? »Bevor der Kaffee kalt wird« erzählt von einem magischen Stuhl in einem sehr besonderen Café in Tokio. Wer sich auf diesen Stuhl setzt, darf in die Vergangenheit zurückreisen, aber nur solange, bis »der Kaffee kalt wird«. Das Café trägt den Namen Funiculi Funicula und zieht viele Menschen unwillkürlich an, weil sie das Bedürfnis verspüren, vergangene Situationen zu verändern, Dinge, die sie bereuen, wiedergutzumachen.

Mit seinen vier magischen Geschichten hat der Dramatiker Toshikazu Kawaguchi einen Weltbestseller geschrieben, der Millionen Menschen weltweit berührt und begeistert hat. Die Motive der Reisenden waren unterschiedlich, doch die gelernte Lektion dieselbe: Wer den Blick zurück wagt, gewinnt neue Kraft, die Zukunft mutiger zu gestalten und den Sinn seines Lebens zu erkennen.

KNAUR.LEBEN